Detektiv Fritz Pomm - Ein Mann für alle Fälle

Detektiv Geschichten

Über mich

- Ralf Löbner -

Mein Name ist Ralf Löbner, geboren am
4.4. 1966 in Lichtenstein Sachsen.
Ich wuchs in einer Arbeiterfamilie auf.
Mein Vater arbeitete leidenschaftlich als
Schichtleiter in einem
Landwirtschaftlichen Betrieb.
Meine Mutter arbeitete als Zwirnerin.
Mein Großvater, schrieb leidenschaftlich
gern Gedichte.
Nach einer schönen Kindheit in meiner
Stadt Lugau Erzgebirge, in der mir mein
Vater immer sagte man lernt nie aus,
verließ ich 1983 die Realschule.
Nach meinem Realschulabschluss begann
ich eine Ausbildung zum Mechaniker.
(26.)- Jahre sind seit dem vergangen .
Seit einiger Zeit habe ich das Schreiben
zu meiner Leidenschaft gemacht!

Ich besuche seit einiger Zeit einen Kurs für angehende Schriftsteller und versuche so, am Puls der Zeit zu sein. Vor sechs Jahren lernte ich meine Traumfrau kennen, mit der ich glücklich zusammen lebe. Ich habe einen Sohn und eine Tochter. Das Schreiben habe ich nie aufgegeben, es ist Entspannung für mich und eine Neue Herausforderung zugleich.

„Herstellung und Verlag: Books on Demand GmbH, Norderstedt".
ISBN 978-3-8423-2514-2

Auflage 1

April 2011

Inhalt:

Kapitel 1

- „Der steinige Auftrag" -

Das Wetter spielte an diesem Morgen wunderbar mit. Es war gerade neun Uhr und ich war in München-Aubing unterwegs, um mir die Häuser anzuschauen, die in der Gailenreuther Straße, Ecke Limesstraße zum Verkauf standen. Es war schon immer mein Traum gewesen, mir irgendwann ein kleines, gemütliches Haus zu kaufen, das nur mir gehörte. Aber ich wusste, dass es ganz bestimmt nicht einfach werden würde. Von dem Geld, welches ich als Privatdetektiv verdiente, konnte man kein Haus kaufen. Ich schaute mir ein Haus nach dem anderen an und bewunderte die Menschen, die sich das alles leisten konnten. Da wurde mir wieder einmal klar, dass ich nur ein kleiner Detektiv war, der jeden Tag kämpfen musste, um über die Runden zu kommen.

Gerade als ich das nächste für mich nicht in Frage kommende Traumhaus begutachtete, bekam ich einen Anruf von einer Frau mit dem Namen <Maria Stein>. Sie erschien mir etwas nervös.

Ich hörte ihr zu, doch so richtig zur Sache kam sie nicht. Ich versuchte diese Frau zu beruhigen, denn ich verstand nur <Bahnhof> und sonst nichts. Sie konnte keinen klaren Gedanken fassen, so aufgewühlt brabbelte sie in den Hörer.

Nach ein paar beruhigenden Worten meinerseits, kehrte Stille ein. Ich konnte förmlich spüren, dass sie sich zusammenriss. Ihr Atem wurde langsamer und ich hielt dies für einen guten Zeitpunkt, um nach dem Grund ihres Anrufes zu fragen. Sie erzählte mir zunächst, dass sie in der Gailenreuther Straße, Ecke Limesstraße 27 wohnte und bat mich, sie zu besuchen. Frau Stein sagte, sie hege den Verdacht, dass ihr Ehemann in krumme Autogeschäfte verwickelt sei.

Ich überlegte nicht lange hin und her und sagte sofort zu. Schließlich konnte ich mir die Aufträge nicht aussuchen. „In wenigen Minuten bin ich da werte Frau Stein", sagte ich zu ihr.

Ich befand mich ja schon auf der Straße, wo diese Dame wohnte – Was für ein Zufall!

Auf meinem Weg zu neuen Ufern, schaute ich auf die andere Straßenseite, da sah ich zwei Kinder. Sie waren vielleicht 12, maximal 13 Jahre alt und ich konnte riechen, dass sie irgendetwas im Schilde führten. Als Detektiv hat man einen Sinn für so was. Sie blickten sich ständig um, so als hätten sie etwas zu verbergen. Das schien mir sehr verdächtig. Plötzlich sah ich, wie einer dieser Burschen etwas aus seiner Hosentasche zog, was mir noch verdächtiger erschien und der innere Alarmknopf wurde immer lauter. „Hey, ihr da, was macht ihr da? Ihr wollt diesem Auto wohl ein paar schöne Rillen verpassen, was? Seht zu, dass ihr Land gewinnt ihr Burschen", schrie ich in einem schroffen Ton hinüber auf die andere Straßenseite.

Die Burschen schauten mich etwas komisch an. Sie waren so still, dass sie kein Wort über die Lippen brachten und traten alsbald die Flucht an. Ich hatte also Recht gehabt mit meiner Vermutung und war stolz, ein paar Autos vor den Launen der heutigen Jugend bewahrt zu haben. Doch nun war ich spät dran, ich musste mich beeilen. Ich wollte Frau Stein ja nicht warten lassen, auch wenn ich natürlich nur den Pflichten eines anständigen Bürgers nachkam. So war ich eben.

Nach ein paar Minuten Fußmarsch, schaute ich mich um, aber ich fand diese Nummer 27 einfach nicht. Ich begann gerade an meiner Intelligenz zu zweifeln, da sah ich auf der gegenüber liegenden Straßenseite eine ältere Dame des Weges kommen. Da gerade kein Auto entlang fuhr, ging ich in der Erwartung, dass sie mir erklärte wie ich zu dieser Nummer

27 kam, zu ihr rüber. Sie antwortete mir sehr schnell und beäugte mich dabei misstrauisch. Ich machte wohl einen etwas unheimlichen Eindruck auf sie, als Privatdetektiv hat man dieses Los. Dann ging sie schnellen Schrittes weiter. Als ob ich vor gehabt hätte, dieser Dame etwas anzutun. Ich versuchte, Verbrechen zu entdecken, nicht sie selbst auszuüben. Noch bevor ich mich richtig bedanken konnte, war sie weg und meine Dankesworte gingen mit dem Wind. Dann machte ich mich auf den Weg und es dauerte noch gute zwei Minuten bis ich das Wohnhaus dieser Frau Stein erblickte.

Ich klingelte. Es dauerte nicht lange, da stand sie vor mir und begutachtete mich. „Fritz Pomm", stellte ich mich vor. „Wir haben telefoniert". Sie bat mich höflich zu sich in die Wohnung, fügte aber hinzu: „Bitte ziehen Sie ihre Schuhe aus, ich habe sauber gemacht". Selbstverständlich kam ich ihrer Bitte sofort nach und bekam ein paar Gästeschuhe. „Mein Herr, diese Schuhe sind neu, deshalb brauchen Sie sich keine Gedanken machen, dass Sie sich einen Fußpilz zuziehen. Oder warum schauen Sie mich so an?" Weil ich nicht unhöflich sein wollte, zog ich die Schuhe an, ohne Nachzudenken, ob vielleicht doch schon andere Leute ihre Schweißfüße mit ihnen geziert hatten. Danach kam Sie ziemlich schnell auf den Punkt aber zunächst bot sie mir einen Platz in einem schönen, gemütlichen Sessel an, der scheinbar aus echten Leder gefertigt wurde. Auch der Rest ihrer Einrichtung roch nach etwas mehr Geld als Otto Normalverbraucher so zur Verfügung hat. Doch ich machte mir weniger Gedanken um das Geld, das diese Dame zu Verfügung hatte. Vielmehr ging mir der Auftrag durch den Kopf und wo er mich wohl hinführen würde.

Sie brachte mir noch rasch einen Kaffee, wofür ich mich herzlich bedankte und danach erzählte sie mir von ihrem Verdacht gegenüber ihrem Ehemann. Sie sprach davon, dass ihr Mann für zwei Wochen in Marseille sei, da er angeblich Geschäfte zu erledigen hatte. Er war Gebrauchtwagenhändler und handelte mit Fahrzeugen aller Art. Vom gebrauchten PKW bis hin zum LKW. Diese Geschäfte jedoch, waren Frau Stein etwas suspekt. Bevor er ging sagte er: „Bald werden wir uns ein schönes großes Haus kaufen", erzählte mir Frau Stein. Genau das war es, was ihr so große Sorgen bereitete. Sie konnte sich nicht vorstellen, wo das Geld dafür herkommen sollte. Nur mit den üblichen Geschäften war das nicht möglich. Sie kannte die Finanzen, zumindest was den Gebrauchtwagenbetrieb anging.

Da mir nun bekannt war, wo ich hin musste, dachte ich sofort an meinen Freund Paul, der seit 15 Jahren in Marseille lebte, weil er einst seine große Liebe fand und für immer blieb. Bei ihm würde ich während meines Aufenthaltes bleiben können.

Als ich anfing von meinem Honorar zu sprechen, blockte Frau Stein ab. Sie wollte nicht hören, was ich verlangte und steckte mir stattdessen einen prall gefüllten Briefumschlag zu. „Der ist für Sie. Stellen Sie keine Fragen, nehmen Sie ihn und machen Sie sich sofort auf die Suche", sagte sie. Doch irgendwie hatten wir vergessen über das Wichtigste zu sprechen, denn ich hatte doch keine Ahnung, wie ihr Mann hieß und wo er in Marseille seine Zeit verbrachte. Ich fragte sie nach mehr Informationen und erklärte ihr, dass ich den Auftrag ohne Einzelheiten nicht ausführen könne. Da steckte sie mir ein Bild und einen kleinen Zettel zu und bat mich erneut zu gehen.

Das Einzige, was sie mir noch sagte war: „Seien Sie ja auf der Hut Pomm, denn ich kann Ihnen nicht sagen, was auf sie zukommt. Ich habe keinen blassen Schimmer in welche Geschäfte mein Mann verstrickt ist." Natürlich nahm ich mir diesen Ratschlag zu Herzen, denn ich war von Natur aus ein vorsichtiger

Mann, der nicht Jedem über den Weg traute. Das Einzige, was mich noch interessierte, war, ob ich mich sofort auf den Weg begeben sollte, oder ob es reichte, wenn ich am nächsten Morgen abreiste. „Fahren Sie sofort", sagte sie zu mir, als ob sie meine Gedanken lesen konnte. „Soll ich Sie kontaktieren, sobald ich etwas heraus gefunden habe Frau Stein?" „Ja, meine Telefonnummer steht auf dem Zettel, den ich Ihnen gegeben habe."

Ich verließ das Wohnhaus und beschloss, nach einem kurzen Besuch zu Hause, den Weg nach Marseille anzutreten. Wenn alles gut ginge, würde ich in 12 Stunden dort sein. Ich bestellte ein Taxi. „Bitte in die Lindwurmstraße 36." Der Taxifahrer bemühte sich, die kürzeste Strecke zu fahren. Nach 25 Minuten waren wir da. Ich bezahlte und begab mich zu meiner Wohnung. Dort überlegte ich, was ich alles mitnehme. Schnell durchstöberte ich meinen Schrank, der nicht allzu viel anzubieten hatte, wenn es um die passende Kleidung ging. Ich packte mir ein paar Hemden und ein paar Socken ein, dazu noch ein bisschen Unterwäsche zum Wechseln, eine Zahnbürste und schon war ich fertig. Ich hatte keine Ahnung, was ich wirklich brauchen könnte. So viel auf Reisen war ich bisher nicht.

Schnell lief ich noch zu meiner netten

Nachbarin Susanne, um sie zu fragen, ob sie zwei Wochen auf meinen Dackel Kurt aufpassen könne. Ich klingelte und sie öffnete die Tür. „Hallo Fritz, wie kann ich dir helfen?", fragte sie. „Kannst du meinen Dackel für ein paar Tage zu dir nehmen? Ich muss für einen Auftrag nach Marseille." Susanne lächelte mich freundlich an und entgegnete: „Aber natürlich Fritz, das ist kein Problem. Du kannst ihn gerne rüber bringen."

Ich ging also nochmals in meine Wohnung und holte meinen Dackel. Er schaute mich ein bisschen treuherzig an. Das tat er immer, wenn ich ihn alleine lies. Doch bei Susanne würde er es gut haben, das wusste ich.

„Hier Susanne, ich bin dir was schuldig. Wenn ich wieder da bin, lade ich dich zum Abendessen ein.", sagte ich. Susanne schmunzelte und schaute mich seltsam an. „Aber nicht vergessen, Fritz!" „Ehrenwort! Versprochen ist versprochen.", versicherte ich ihr.

Kapitel 2

- „Auf nach Marseille" -

Ich machte mich auf den Weg zu meinem Auto und packte die Taschen und all dieses Zeug, was ich für meinen Job benötigte, ein. Doch bevor ich los fuhr, wollte ich zunächst Paul schnell anrufen, denn ich hatte vor, bei ihm zu nächtigen. Er hatte mir versichert, ich könne jederzeit bei ihm schlafen, wenn es mich nach Marseille zieht. Paul war eben ein echter Freund für mich, mit dem man durch dick und dünn gehen konnte.

Ich wählte seine Nummer und wartete aber leider ging Paul nicht ans Telefon. Also beschloss ich, in der Hoffnung er würde sich zurück melden, sofort los zu fahren. Es war mittlerweile kurz nach elf Uhr und es war zu erwarten, dass ich bis 22 Uhr in Marseille sein würde, wenn kein Stau oder gar ein Unfall mir in die Quere kommt. Ohne darüber nachzudenken, ob ich vielleicht etwas vergessen hatte, fuhr ich los.

Ich fuhr bis Bregenz fast zwei Stunden, dann machte ich einen kurzen Zwischenstopp, denn ich benötigte noch ganz dringend diese Autobahnplaketten für die österreichische Autobahn. Eine Geldstrafe wollte ich nicht riskieren, das hatte ich mir vorgenommen. Als ich sie mir an mein Auto heften wollte, sprach mich ein älterer Herr an. Er wollte wissen, wie er am Schnellsten nach Bern kommt. Natürlich war ich so nett und erzählte ihm, dass er immer nur der Autobahn zu folgen müsse bis er irgendwann in Bern ankäme. Er schaute mich an und schmunzelte dabei, dann sagte er „Danke" und verschwand.

Daraufhin heftete ich mir gut sichtbar meine Plakette an die Scheibe. Kaum, dass ich fertig war, sprach mich eine junge Französin an, die gerade in Richtung Deutschland unterwegs war. Sie verspürte den inneren Drang mit jemandem zu sprechen, das war zumindest mein Verdacht in diesem Augenblick. Sie war sehr hübsch und wedelte ständig mit einem Tuch. Sie fragte „Könnten Sie mir eventuell etwas unter die Arme greifen, denn ich möchte Sie etwas fragen." Genau das, waren ihre Worte. Ich schaute in ihre fordernden Augen, die so wunderbar in der Sonne leuchteten. Als ich etwas sagen wollte, ließ sie ihr Tuch fallen. Ich wollte es aufheben und wir stießen unwiderruflich mit unseren Köpfen zusammen. Sie hatte nämlich dasselbe im Sinn. Es war jedoch nicht schlimm. Ganz im Gegenteil, es war mir ein Vergnügen. Sie hatte sowas in ihrem Blick. Etwas, das jeden Mann zum dahin schmelzen gebracht hätte.

In gebrochenem Deutsch sagte sie zu mir „Nun sinde wir zusammengestoße mit unsere Kopf, Leid es tut mir Leid. Kann ich gut mache irgendwie?" „Meine Liebe", sagte ich zu ihr, „Das ist sehr nett von Ihnen aber ich muss ganz dringend nach Marseille, da wartet ein Freund auf mich. Ich habe dort einen wichtigen Auftrag zu erledigen, denn ich bin Privatdetektiv." Sie schaute mir noch einmal in die Augen und so schnell wie sie kam, war sie auch wieder verschwunden. Ich setzte meine Reise nach Marseille fort.

Als ich wieder auf der Autobahn war, klingelte mein Telefon. Ich schaltete die Freisprechanlage ein und meldete mich: „Hallo, Paul bist du es?" „Natürlich Fritz, ich bin es. Wie geht es dir so? Ist bei dir alles in Ordnung" „Ja, es ist alles in bester Ordnung. Könnte ich für ein paar Tage bei dir zu Gast sein? Ich habe einen Auftrag in Marseille." Paul sagte sofort zu und fragte mich, wann ich ungefähr in Marseille ankommen würde.

„Gegen 22 Uhr, wenn alles problemlos verläuft." „Gut Fritz, du weißt ja, wo ich wohne. Bis heute Abend! Tschüss."

Paul war kein Mann der langen Worte aber eines wusste ich genau: Wenn ich etwas von Paul wollte, dann war er immer für mich da.

Das war schon der Fall als wir noch zusammen die Schulbank drückten.

Während ich fuhr, vergaß ich die Zeit. Als ich irgendwann doch dazu kam auf die Uhr zu sehen, war es schon 16 Uhr. Bern kam näher und ich hatte glücklicherweise schon fast die halbe Strecke hinter mir. Ich überlegte, ob ich vielleicht noch eine Pause einlegen sollte aber ich entschied mich, bis Marseille durch zu fahren. Ich wollte nicht zu spät bei Paul vor der Tür stehen, allein wegen der Kinder. Außerdem konnte seine Frau in dieser Hinsicht ziemlich schroff werden. Zumindest hatte Paul mir das vor Jahren einmal erzählt. Die Frau von Paul war zwar von der netten Sorte aber ich wollte nichts herausfordern, denn das war nicht meine Art.

Auf meinem Weg nach Marseille sah ich ziemlich viele Städte an mir vorüber ziehen, zumindest namentlich, denn ich zog es vor, auf der Autobahn zu bleiben. All diese großen und kleinen Orte hatte ich noch nie gesehen. Ich verspürte ein bisschen den Drang das schnellstmöglich nachzuholen.

Auf den letzten Kilometern, auf denen die Wiedersehensfreude sekündlich wuchs, wurde ich Zeuge eines Unfalls. In meinem Rückspiegel konnte ich beobachten, wie sich ein blauer VW- Golf sonderbar bewegte.

Etwas schien mit seinen Reifen nicht in Ordnung zu sein, was ihn jedoch nicht daran hinderte nicht vom Gas zu gehen. Angst stieg in mir hoch, denn er war nicht weit von mir entfernt. Ich wechselte die Spur und legte einen Zahn zu, um mich von ihm zu entfernen. Schließlich kam es zu einem Unfall, der Fahrer hatte sein Fahrzeug nicht mehr unter Kontrolle und knallte gegen die Leitplanke, überschlug sich sogar. Auf seinem Weg über die Leitplanke rammte er noch zwei andere Autos. Ich beobachtete das Szenario in meinem Rückspiegel und hatte vor lauter Schreck Mühe mich zu konzentrieren. Ich überlegte rechts ran zu fahren und einen Notarzt sowie die Polizei zu rufen. Als ich jedoch sah, dass andere schneller waren, fuhr ich weiter. Eine Sperrung sowie ein daraus resultierender Stau waren vorprogrammiert und ich wollte nicht Teil dieser Misere sein. Mein schlechtes Gewissen plagte mich, weil ich nicht angehalten hatte. Doch es waren schon genug andere Leute vor Ort, die halfen. Warum also sollte ich mich da auch noch hinstellen? Ehrlich gesagt wurde mir regelrecht schlecht bei dem Gedanken, konnte ich doch kein Blut sehen. Ich war mir fast sicher, dass der Fahrer des Fahrzeugs, welches sich überschlug, nicht mehr am Leben war.

Auf den letzten Metern verging die Zeit sehr schnell. Gegen 22 Uhr hatte ich mein Ziel erreicht – Marseille lag leuchtend vor meinen Augen. Mein Navigationsgerät führte mich durch die halbe Stadt, bis ich endlich bei Paul ankam. Ich muss zugeben, so ganz hatte ich dieses neue Wunder der Technik noch nicht verstanden. Mit Straßenkarten stand ich aber noch mehr auf Kriegsfuß, deshalb war ich sehr dankbar für diese Erfindung.

Kapitel 3

- „Wiedersehen mit Paul" -

Das Haus, in dem Paul und seine Familie wohnten, war sehr schön. Typisch französisch eben. Ich rief ihn kurz an, denn ich wollte nicht klingeln, da seine Kinder möglicherweise schon schliefen.

„Hallo wer da?" „Ja Paul ich bin es, der Fritz. Komm runter, ich steh vor der Tür. Wollte nicht klingeln", sagte ich. Paul erwiderte „Ich bin gleich unten Fritz!" Ich legte auf und schon ging die Tür auf. Wir fielen uns in die Arme und freuten uns, dass wir nach all den Jahren endlich einmal wieder zueinander gefunden hatten. Paul schaute mich an und sagte: „Mein Gott Fritz, du hast dich kein bisschen verändert in den vielen Jahren, während mir schon seit gut drei Jahren überall graue Haare wachsen." „Ach Paul", sagte ich, „Du hast ja Recht aber was soll's. Das wichtigste im Leben ist doch, dass es dir gut geht!"

Paul lachte: „Ja, da hast du wohl recht."

Nach der kurzen und herzlichen Begrüßung, machten wir uns auf den Weg in die Wohnung. Weit war es ja nicht, Paul wohnte gleich unten rechts. Als wir eintraten sagte er, ich solle leise sein, da alle schon schliefen. Selbstverständlich kam ich der Bitte Pauls nach, denn ich wollte ja keinen Ärger mit der Hausherrin provozieren. Paul zeigte mir noch schnell das Zimmer, in dem ich nächtigen konnte und dann war er auch schon verschwunden, denn er musste früh aufstehen. „Gute Nacht Fritz! Morgen, wenn ich von der Arbeit komme, können wir uns mehr unterhalten. Ich hoffe, du bist mir nicht böse, wenn ich dich jetzt gleich wieder allein lasse und mich zu meiner Frau ins Bett geselle." „Mach dir keine Sorgen Paul, ich komm schon klar. Gute Nacht!"

Nachdem Paul wieder zu Bett gegangen war, saß ich allein in meinem Zimmer und überlegte mir, wie ich wohl den nächsten Tag am besten angehen würde. Ich packte meine Tasche aus und nahm anschließend das Bild zur Hand, das mir meine Klientin gegeben hatte. Auch die dazu geschriebenen Informationen prägte ich mir gut ein. Der Gatte von Frau Stein wohnte im Hotel „Vieox Port". Ich nahm mir vor, das Hotel gleich morgens aufzusuchen und legte mich ins Bett. Schlafen konnte ich allerdings noch nicht. Aufgeregt wälzte ich mich hin und her. Mir fiel das große Bücherregal auf, das im Zimmer stand. Es war toll. Wie ein Monolith füllte es den Raum. Da ich sowieso nicht schlafen konnte, stand ich auf und begutachtete die vielen verschiedenen Bücher. Aus jedem Genre war etwas dabei. Wie ein kleiner Junge stand ich mit großen Augen da. Ich entdeckte eine Detektiv Geschichte, die ich sogleich aus dem Regal zog. Die musste ich einfach lesen. Ein knallharter Fall, das klang gut. Mitsamt dem Buch legte ich mich wieder ins Bett. Die Geschichte hatte es wirklich in sich. Vom Taschendiebstahl zum Drogenhandel. Mann war das aufregend! Das Buch zog mich wirklich in seinen Bann, irgendwann jedoch schlief ich ein. Dabei hätte ich das Buch so gerne zu Ende gelesen.

Mein Wecker klingelte. Es war gerade 7 Uhr morgens. Paul, seine Frau und die Kinder waren schon längst verschwunden. Also ging ich schnell ins Bad und machte mich etwas frisch, denn mit einem verschlafenen Gesicht lässt es sich schlecht arbeiten. Als ich mit meiner Morgenwäsche fertig war, setzte ich mich noch in die Küche, denn ich wollte auf keinen Fall mit nüchternem Magen das Haus verlassen.

Langsam und gemütlich trank ich meinen Kaffee und aß ein echtes, frisches, französisches Baguette, das mir Paul mit der Nachricht <Hallo Fritz, ich wünsche dir einen

Guten Morgen, lass es dir schmecken! Bis heute Abend!> auf den Küchentisch gelegt hatte.

Auf Paul war immer Verlass. Bei ihm wäre ich nie verhungert, denn er war mein bester Freund. Ich lies mir das Baguette schmecken bis nichts mehr davon übrig war. Danach räumte ich schnell das Geschirr in die Spüle und holte das Equipment aus dem Zimmer, welches ich für meine Arbeit als Detektiv benötigte. Ohne das ganze Zeug würde man nicht weit kommen und der Erfolg würde ganz bestimmt aus bleiben. Ich packte mir einen GPS Peilsender, mein Fernglas, meine Spiegelreflexkamera und mein Handy ein. Auch das Bild von Herrn Stein musste mit, damit ich statt ihm nicht jemand anderen unter die Lupe nahm.

Kapitel 4

- „Erste Spuren" -

Ich verließ das Haus. Als ich auf dem Fußweg stand, schaute ich mich etwas um. Es war schon ziemlich viel los in der <La Canabiere>. Ich fand erstaunlich wie viele Menschen um diese Uhrzeit schon unterwegs waren.

Ich setzte mich in mein Auto und fuhr in Richtung des Hotels, in dem Herr Stein angeblich nächtigte, wenn er in Marseille verweilte, um seinen Geschäften nach zu gehen. Die Fahrt dauerte nicht sehr lange, denn das Vieox Port befand sich gleich um die Ecke. Schon von Weitem konnte ich das Hotel erkennen. Ich stellte mein Auto in der Nähe des Hotels ab, denn auf den Privatparkplatz konnte ich nicht parken, der war nur für Gäste bestimmt.

Zügig verließ ich mein Auto und lief zum Hotel. Ich ging hinein und schaute mich um aber Herrn Stein erblickte ich nicht. Deswegen machte ich mich auf den Weg zur Rezeption.

Die Dame hinter der großen Theke lächelte mich freundlich an. Ich lächelte zurück und hielt ihr das Bild von Herrn Stein vor die Nase. „Kennen Sie diesen Herrn?" Sie schaute sich das Bild an und fragte mich: „Was ist mit dem

Herrn?" Ich erklärte ihr höflich, dass ich Privatdetektiv und auf der Suche nach diesem Herren sei. Sie erzählte mir, dass Herr Stein für zwei Wochen ein Zimmer gebuchte hatte und fügte hinzu, dass er das Hotel morgens schon sehr früh verlassen hatte, da er mit der Fähre nach Tunis übersetzten wollte, um ein paar Geschäfte zu erledigen. „Hat er Ihnen auch erzählt wann genau er nach Tunis übersetzen wollte?" „So gegen 9 Uhr", erwiderte die nette Dame von der Rezeption. Ich bedankte mich und machte mich sofort auf den Weg zum Auto. Dabei schaute ich auf die Uhr. Sie zeigte auf 8 also hatte ich noch fast eine Stunde bis ich ihn an der Fähre treffen würde. Ich fragte mich, warum Herr Stein wohl schon so früh das Hotel verlassen hatte, wenn seine Fähre doch erst um 9 Uhr übersiedelte. Den Blick starr nach vorne gerichtet, fuhr ich hinunter zum Fährhafen von Marseille. Wo er auch hinfahren würde, ich hatte seine Spur aufgenommen und ich würde ihm folgen. Der Detektiv in mir wurde wach und entfaltete sich unter meiner Haut wie ein Origami Kranich.

Als ich ankam, erblickte ich doch tatsächlich direkt Herrn Stein. Er schien mir etwas nervös zu sein, denn ich konnte sehen, wie er ständig auf seine Uhr schaute. Ich hatte nicht die geringste Ahnung welchen Geschäften er sich wohl widmete. Ich hatte noch nicht einmal eine Idee. Es könnte alles sein, wobei er so in natura doch eher nett aussah. Ich konnte mir nicht vorstellen, dass es etwas Grausames war. Das sagte mir zumindest mein Verstand. Mein innerer Detektiv aber, rechnete mit dem Schlimmsten. Ich musste auf alles vorbereitet sein. Das war mein Job.

Plötzlich tauchten wie aus dem Nichts vier finstere Gestalten auf. Ich sah, wie sie Herrn Stein begrüßten. Bei einem von ihnen konnte ich sehen, dass er eine Waffe bei sich trug. Das machte mir natürlich etwas Angst, denn ich hatte nichts dergleichen, um mich im Notfall wehren zu können. Gehörten diese fiesen Typen einer Mafia an? War Herr Stein auch schon Mitglied einer solchen Organisation geworden? Irgendwie konnte ich mir das nicht vorstellen aber das Bild, welches sich mir bot, war ein anderes. Vielleicht war er der Chef. Vielleicht hatte er selbst so eine Verbrecher Organisation gegründet, erzählte seiner Frau nur nichts davon. Eine gute halbe Stunde dauerte dieses Gespräch, dann verließen die werten Herren den Ort so schnell, wie sie gekommen waren.

Es machte mich immer nervöser, dass ich noch nicht wusste, was da ablief. Zu gerne hätte ich das Gespräch mit angehört. Stein stieg in sein Fahrzeug, verließ den Fährhafen und fuhr zurück zum Hotel. Dort angekommen drehte er plötzlich wieder und fuhr zurück zum Fährhafen. Verwundert blieb ich ihm auf den Fersen und fuhr ihm nach. Irgendetwas stimmte da nicht. Das war alles ziemlich verdächtig.

Nachdem er ausgestiegen war, lief er wild umher und schien zu fluchen aber ich hatte keine Ahnung weshalb. Er nahm sein Handy und telefonierte. Dabei verzog er mächtig das Gesicht. Ganze 20 Minuten lang musste ich mir das ansehen. Danach entfernte er sich von seinem Auto und ging in Richtung eines kleinen Parkplatzes am Ufer, der sich in der Nähe befand. Als er außer Sichtweite war, nutzte ich die Gelegenheit und brachte einen Peilsender an seinem Auto an. So wusste ich immer, wo er sich gerade befand. Danach ging ich ihm unauffällig nach. Immer wieder blieb er stehen und es machte den Eindruck, er würde auf jemanden warten.

Ich hatte recht mit dieser Vermutung. Ein Auto fuhr auf den Parkplatz, aus dem ein Afrikaner ausstieg, der ihm etwas Dubioses in die Hand drückte und sich so gleich wieder davon machte. Ich konnte nicht genau erkennen, was es war. Es sah aus wie ein Zettel aber darin konnte ja auch etwas eingewickelt sein. Ich machte mich auf den Weg zurück zu meinem Auto. Ich hatte vor, eine Wanze in seinem Hotelzimmer anzubringen. Zwar wusste ich noch nicht, wie ich das machen sollte ohne mich strafbar zu machen, aber ich hatte es mir vorgenommen. Ich dachte gründlich darüber nach und mir kam die Idee, mich mit der Chefetage in Verbindung zu setzen. Wenn ich ihnen den Fall genau erkläre, würden sie mir sicher behilflich sein, hoffte ich.

Kapitel 5

- „Zwischenfall" -

Wie ich auf dem Weg zu meinem Auto so über mein Vorhaben nachdachte, hörte ich auf einmal die Schreie einer Frau. Ich schaute mich um und sah, wie eine ältere Frau von einem jungen Mann ausgeraubt wurde. Inzwischen war es kurz vor neun und viele Menschen hatten sich an der Fähre angesammelt und warteten. Keiner schien sich für die Frau und ihre Not zu interessieren. Zum Glück war ich da. Der Kerl rannte athletisch in meine Richtung, die geklaute Handtasche fest mit seinen Krallen umschlossen. Er sah aus wie ein Profi. Einer, der so etwas jeden Tag zehn Mal durchführte. Lässig setze ich einen Fuß vor den anderen, so als hätte er nichts zu erwarten, wenn er an mir vorbei rennt. Doch weit gefehlt, denn das war nur Show. Ich machte plötzlich einen großen Satz und streckte mein Bein aus. Der Dieb war gefasst! Er stürzte und ließ die Handtasche los. Als er da so jämmerlich am Boden lag, schnappte ich mir diesen Kerl, doch er versuchte ein Messer herauszuziehen. Diesen Spaß wollte ich ihm gründlich verderben, also haute ich ihm eine vor die Lichter. Er war fertig mit dieser Welt.

Die ältere Frau kam schnell angelaufen. Sie sprach auf Französisch zu mir, was ich leider nicht verstand. Ich nahm an, sie wollte sich für meine Hilfe bedanken. Doch sie redete und redete und redete. Ich versuchte ihr klar zu machen, dass es sinnvoll wäre die Polizei zu rufen. Leider konnte ich immer noch kein Französisch. Stattdessen musste ich meine Kreativität walten lassen. Die Frau starrte mich etwas seltsam an, irgendwann zog sie aber ihr Handy aus der Tasche und ich konnte damit aufhören Blaulichtgeräusche nachzumachen und Polizisten zu imitieren.

Nach ungefähr zehn Minuten traf endlich ein Streifenwagen ein. Als ich ihn kommen sah, verabschiedete ich mich schnell von der Frau und lief zu meinem Auto. Ich hatte keine Lust auf ein Verhör. Glücklicherweise deutete die Frau sofort auf den Dieb, der immer noch bewusstlos war. Ich stieg in mein Auto und fuhr Richtung Hotel. Nachdem mir so viel Zeit verloren gegangen war, musste ich mich wieder meinem eigentlichen Fall widmen. Stein war inzwischen natürlich verschwunden und ich konnte wieder von vorn anfangen. Was tut man nicht alles für seine Mitmenschen. Es ärgerte mich zwar ein wenig aber ich musste dieser armen Frau doch beistehen, denn ich sah es als meine bürgerliche Pflicht an, dieser Frau in ihrer erbitterten Verzweiflung zu helfen.

Kapitel 6

- „Die Wanze" -

Ich fuhr erneut zum Hotel. Die Dame an der Rezeption schien sich an mich zu erinnern: „Sie schon wieder, wie kann ich Ihnen dieses Mal behilflich sein?" „Hören Sie meine Dame, ich würde gerne eine Wanze in Steins Zimmer anbringen, damit ich seine Gespräche verfolgen kann. Ich glaube, dass er in schlimme Machenschaften verwickelt ist." Dabei blähte ich meine Augen auf und rollte damit über mein Gesicht. „Ich kann Ihnen doch nicht einfach Einlass in fremde Zimmer gewähren. Wenn das raus kommt, kann das Hotel schließen und ich bin meinen Arbeitsplatz los. Was denken Sie sich eigentlich?" „Das will ich Ihnen gerne sagen. Ich denke, dass es schlimmer wäre, wenn Sie Ihren Arbeitsplatz aufgrund unterlassener Hilfeleistung oder einer Schießerei verlieren. Das könnte nämlich passieren, so kriminell wie dieser Mann ist." Ich schaute sie eindringlich an und ließ meine Augen wieder über das Gesicht rollen. Nichts passierte. Die Dame hinter der Rezeption verzog das Gesicht und wusste sichtlich nicht, was sie nun tun

sollte. Ich bluffte und machte mich auf den Weg zum Ausgang. Plötzlich vernahm ich ihre liebliche Stimme in meinem Ohr und ich wusste, dass ich das wieder einmal meinem männlichen Detektiv-Charme zu verdanken hatte. „Warten Sie!" Ich ging weiter, um sie noch einmal zu hören. „Warten Sie! Bleiben Sie stehen, ich helfe Ihnen!" Ich drehte mich um und sagte zu ihr: „Danke, das ist wirklich sehr freundlich von Ihnen." „Sie müssen mir allerdings zunächst Ihre Adresse und Ihre Telefonnummer aufschreiben und vor allem müssen Sie mir versprechen, dass niemand davon erfährt." „Kein Problem, Diskretion ist für mich eine Frage der Ehre. Was wäre ein Detektiv ohne Diskretion?" Ich schrieb meine Daten auf einen weißen Zettel und folgte der Dame in das Zimmer von Herrn Stein. Es war gar nicht so einfach einen geeigneten Ort für die Wanze zu finden. Ich entschied mich für den Nachttisch, auf dem das Telefon stand. „Beeilen Sie sich bitte mit Ihrer Wanze, denn ich weiß nicht, wann dieser Stein zurück kommt." „Bleiben Sie ruhig schöne Frau, ich bin ja schon fertig." Das Wort „schöne" in meinem Satz, schien sie etwas zu besänftigen.
Nach dieser kurzen Aktion, verließ ich das Hotel und legte mich auf die Lauer. Dann fiel mir doch plötzlich wieder ein, dass ich einen

Peilsender an seinem Auto angebracht hatte. Wo war ich nur mit meinen Gedanken? Irgendwie vermisste ich meinen Dackel Kurt, den kleinen Schnorrer und treuen Weggefährten. Ich musste diesen Fall einfach so schnell wie möglich aufklären, damit ich mich wieder um ihn kümmern konnte.

Mein Handy klingelte: „Hier Fritz Pomm", sagte ich. Es war Paul. Er wollte wissen, wie es mit einer Unternehmung am Abend aussah. In diesem Moment sah ich, wie Stein auf den Privatparkplatz fuhr. „Gerne Paul aber ich muss jetzt auflegen. Machs gut!" Ich fügte noch hinzu, dass ich nichts versprechen konnte, da ich ja nicht wusste wie der Fall weitergehen würde. Zum Glück war er nicht sauer, dass ich so wenig Zeit für ihn hatte. Er wünschte mir viel Erfolg und legte auf.

Es knisterte in der Luft vor Spannung. Ich hoffte, er würde ein paar Telefonate führen, die mir weiterhelfen. Nichts passierte. Geschlagene zwei Stunden saß ich vor meinem Laptop im Auto und konnte lediglich den Fernseher und die Dusche hören. Als ich kurz davor war einzuschlafen, klingelte das Telefon. Ich riss Augen und vor allem Ohren auf, doch Herr Stein telefonierte nur mit seiner Ehefrau. Gelangweilt blieb ich weiterhin in meinem Auto sitzen und beobachtete das bunte Treiben vor dem Hotel, was mich aber nur bedingt interessierte, denn ich wollte endlich vorankommen.

Kapitel 7

- „Frau statt Gebrauchtwagen" -

Herr Stein verließ das Hotel. Dieses Mal ließ er das Auto stehen und ging zu Fuß. Ich folgte ihm. Nach zehn Minuten Fußmarsch setze er sich in ein Straßencafé. Er wirkte wieder sehr nervös und angespannt, schaute dauernd auf die Uhr. Er schien wieder auf jemanden zu warten. Ich setzte mich genau an den Tisch nebenan. So konnte ich nichts verpassen. Herr Stein wusste ja nicht, dass er observiert wurde. Es dauerte eine ganze Weile bis sich etwas regte und ich überbrückte die Zeit mit einer speziellen Fischsuppe, die man überall in Marseille bekam. Ein Genuss. Eigentlich kam mir Herr Stein vor wie ein ganz normaler Mann, der in einem Straßencafé saß und ein Glas französischen Rotwein bestellte. Er unterhielt sich am Telefon über gebrauchte Autos, was angeblich ja auch der eigentliche Grund seines Aufenthaltes in Marseille war. Die Ereignisse am Hafen passten mit alldem überhaupt nicht zusammen.

Nach einer Stunde des Verweilens im Café verlangte er die Rechnung. Ich tat es ihm gleich und bezahlte. Er schlenderte durch die Stadt und ich schlenderte hinterher.

Irgendwann waren wir wieder am Hafen angekommen und Herr Stein schien den Blick über das Wasser zu genießen bis eine junge, sehr gut gekleidete Dame auf ihn zukam.

Ich konnte sehen, wie er sie umarmte und leidenschaftlich küsste. Da fiel es mir wie Schuppen von den Augen. Er war nicht wegen krummer Geschäfte in Marseille, sondern wegen dieser Frau. Hand in Hand gingen sie am Hafen spazieren und sahen dabei so aus, als wären sie frisch verliebt. Ich holte meine Kamera aus der Tasche und machte einige Fotos von den Beiden. Diese Szenen musste ich für Steins Ehefrau festhalten. Eines musste man Stein lassen, Geschmack hatte er.

Das Leben ist schon manchmal seltsam, dachte ich mir in diesem Augenblick. Noch vor wenigen Minuten erzählte er seiner Frau, dass er sie liebe und kurze Zeit später trifft er sich mit einer anderen.

Nachdem sie noch einen Spaziergang zur <Cathedrale de la Major> machten, von welcher aus man einen herrlichen Blick über Marseille hatte, nahmen sie sich ein Taxi. Auch ich konnte im letzten Augenblick noch eines ergattern und machte dem Taxifahrer, der glücklicherweise Deutsch sprach, deutlich, dass er dem anderen Taxi folgen sollte. „Wo haben Sie so gut Deutsch gelernt?", fragte ich den Taxifahrer erstaunt. „Ich habe viele Jahre in Deutschland gelebt aber es zog mich irgendwann zurück in meine Heimatstadt Marseille. Seitdem arbeite ich als Taxifahrer aber wissen Sie, ich bin eigentlich ganz glücklich damit." „Schön", sagte ich zu ihm. Das Taxi hielt vor dem Hotel und ich machte mich, nachdem die Beiden außer Sichtweite waren, auf den Weg zu meinem Auto, wo ich mein Laptop einschaltete. Dank Wanze konnte ich kurze Zeit später hören wie Stein eindeutige Geräusche von sich gab. Den Rest konnte ich mir denken. Das war nicht zu überhören. Ich schaltete die Abhöranlage ab und rief Frau Stein an, um ihr von den Vorfällen zu berichten.

Kapitel 8

- „Auftragsabnahme" -

Frau Stein war sehr betrübt, das konnte ich an ihrer zittrigen und weinerlichen Stimme erkennen. Sie fragte mich noch, ob ich etwas wegen seinen Geschäften erfahren hätte aber da konnte ich sie nur enttäuschen, da ich nichts erfahren hatte. „Herr Pomm, ich danke Ihnen. Was Sie mir soeben erzählt haben genügt schon, um meinem Mann den Laufpass zu geben. Sie können Marseille verlassen. Das Geld, das ich Ihnen gegeben habe, können Sie behalten. Gute Arbeit!" „Vielen Dank Frau Stein, ich hätte Ihnen gerne Erfreulicheres mitgeteilt. Die Bilder, die ich als Beweismittel gemacht habe, sende ich Ihnen umgehend per Post." Ich erzählte ihr, dass ich noch ein paar Tage in Marseille bleiben würde, um die Stadt besser kennen zu lernen und noch ein bisschen Zeit mit meinem Freund Paul und seiner Familie zu verbringen.

Der Fall war erledigt. Ich fragte mich zwar, ob Herr Stein wirklich nur wegen dieser Frau in Marseille war und wunderte mich über die Vorkommnisse am Hafen, jedoch hatte Frau Stein den Auftrag ganz klar für abgeschlossen erklärt. Warum also sollte ich noch weiter forschen? Bezahlt hatte sie ja schon. Sehr gut sogar.

Es war früher Nachmittag und ich fuhr zu Pauls Wohnung, für die er mir einen Schlüssel gegeben hatte. Es war niemand da. Ich machte mich etwas frisch, denn es war ganz schön heiß in Marseille. Dann fiel mir das spannende Buch wieder ein, das ich am Vorabend zu lesen begonnen hatte. Gerade als ich anfangen wollte zu lesen, klingelte das Telefon. Ich dachte es sei Paul, stattdessen aber war es eine neue Klientin, die angab sehr dringend meine Hilfe zu benötigen. Ich erklärte ihr, dass ich mich aufgrund eines Auftrags in Marseille befand, weil ich ein gefragter Detektiv war. „Ich weiß Herr Pomm, doch machen Sie sich bitte umgehend auf den Weg! Ich brauche Ihre Hilfe!"

Da ein neuer Auftrag auch neues Geld bedeutete und ich meinen Dackel Kurt endlich wieder sehen wollte, zögerte ich nicht, Paul anzurufen und ihm meine Abreise zu erklären. Paul wusste um meinen Job als Detektiv und sagte nur freundlich „Das ist sehr schade Fritz aber solltest du mal wieder in Marseille sein, du weißt ja, wo du mich findest. Ich würde mich freuen!" Das waren Pauls letzte Worte und sie bewegten mich sehr, den Paul war ein echter Freund. Ich legte den Schlüssel auf den

Küchentisch und verließ die Wohnung.

Nach stundenlanger Autofahrt, kam ich nachts irgendwann in München an. Als erstes klingelte ich bei meiner lieben Nachbarin Susanne, um meinen Kurt wieder in Empfang zu nehmen, der sich freute mich zu sehen. In dieser Nacht hatte ich kein großes Bedürfnis mehr, mich mit Susanne zu unterhalten. Ich sagte nur noch: „Du weißt, ich bin dir noch etwas schuldig."

Kapitel 9

- „Hund und Fisch" -

„Was für ein beschissener Morgen ist das bloß wieder?" Ich fluchte, denn mein Dackel Kurt hatte über Nacht den Mülleimer leer geräumt. Unter Anderem hatte er eine völlig verfaulte Bananenschale in die Nähe meines Schlafzimmers getragen, die ich halb im Schlaf natürlich nicht realisierte, was dazu führte, dass ich ausrutschte und mit meinem Hinterteil in einem Joghurtbecher landete. Ich stand auf und suchte diesen Rüpel, der sich versteckt hatte. Das tat er immer, wenn er etwas ausgefressen hatte. Ich ging ins Wohnzimmer und stellte mich vor das Sofa. Meine Augen suchten den ganzen Raum ab. Irgendwo musste er sich ja versteckt haben. Auf einmal spürte ich etwas Warmes, Nasses an meinem Hintern. Es war Kurt, der mir Joghurt Reste von meinem zweitbesten Stück abschlabberte. Als ich mich umdrehte, wollte er schnell das Sofa verlassen, wovon ich ihn allerdings abhielt. Ich packte ihn und ging mit ihm ins Bad, wo ich ihn in die Badewanne steckte und mit kaltem Wasser bespritze. Wie ein Pudel rannte er davon und jaulte jämmerlich.

Wo mich dieser seltsame Morgen nun schon mal hingeführt hatte, dort beschloss ich zu bleiben. Ich stieg unter die Dusche und begann zu singen. Meine Töne blieben mir im Hals stecken als plötzlich nur noch kaltes Wasser kam. Ich drehte den Hahn zu und sprang aus der Dusche als hätte mich ein Blitz getroffen. Vergebens suchte ich das Handtuch, welches sich in der Wäsche befand. Tropfend und vor Kälte zitternd, lief ich durch die halbe Wohnung, um mir ein neues Handtuch zu holen. „Was ist das nur für ein Tag?" Erst hat sich meine Wohnung über Nacht in eine Müllhalde verwandelt, dann leckt mir mein Dackel Joghurt vom Arsch und nach einer beschissenen Dusche muss ich feststellten, dass meine Handtücher alle in der Wäsche sind. Wunderbar! Ausgezeichnet! Es kann ja nur besser werden!" Ich fluchte was das Zeug hält vor mich hin, da klingelte es. Ohne Handtuch öffnete ich reflexartig die Tür: „Was ist denn los?" Ich hatte noch Wasser in den Augen und konnte nur Umrisse erkennen. „Fritz?" „Ähhhm ähhh, Susanne?" „Ich, iiich wollte nnicht stören." „Also, also ddas tust du nicht, wirklich. Komm rein. Ich zieh mir nur schnell was an ja." Ich rannte ins Schlafzimmer und zog mir schnell etwas an. Als ich wieder kam stand die Tür auf und

Susanne war weg. „Susanne? Susanne? Ich hab jetzt was an." Ich hatte sie wohl verschreckt die Arme. Sie war wie vom Erdboden verschluckt. Ich suchte nach Kurt, er hatte nicht bemerkt, dass die Tür offen stand, sondern schmollte vor seinem leeren Futternapf.

Ich gab ihm etwas Futter und machte mir Frühstück. Vielleicht würde mich ein starker Kaffee ja munter machen. Als ich gerade in mein Brötchen beißen wollte, klingelte mein Handy. „Detektiv Pomm, was kann ich für Sie tun?" „Ja hier Untenzu, Guten Tag Herr Pomm. Ich hatte Sie gestern schon einmal angerufen und Sie um Hilfe gebeten. Ihre Dienste wurden mir von einer guten Bekannten empfohlen. Warum haben Sie sich nicht mehr gemeldet? Wenn Sie keinen Auftrag wollen, dann muss ich mir eben einen anderen Privatdetektiv suchen." Ich drehte mich kurz vom Hörer weg und fing wie ein kleiner Junge zu lachen an. Untenzu, was war das denn für ein Name? Als ich wieder dran ging, hatte die Dame aufgelegt. Ich hatte wohl den Ernst der Lage nicht erkannt. Ich rief sie zurück, denn ich hatte ihre Nummer noch in der Anrufliste gespeichert. „Ja Detektiv Pomm noch mal. Entschuldigen Sie Frau Untenzu, ich bin gestern erst spät aus Marseille zurückgekommen und hatte deshalb noch keine Zeit mich bei Ihnen zu melden. Selbstverständlich helfe ich Ihnen. Was genau kann ich denn für Sie tun?" „Also das möchte ich nicht am Telefon besprechen. Könnten Sie bei mir vorbei schauen? Dann können wir in Ruhe über mein Anliegen sprechen." „Ich bin schon unterwegs Frau Untenzu. Würden Sie mir noch Ihre Adresse mitteilen?" „In zwei Stunden in der Ackermannstraße 25 in Schwabing West." Sie legte auf. Das war ja ganz schön geheimnisvoll. Ich kehrte zurück an meinen Frühstückstisch, wo Kurt mein Brötchen bereits verzehrt hatte. „Du bist unmöglich Kurt!" Er schaute mich mit seinen großen Hundeaugen an.

Ich hatte noch zwei Stunden bis ich bei dieser ominösen Untenzu sein sollte. Untenzu, also dieser Name kam mir wirklich komisch vor. Vielleicht was es nur ein Pseudonym. Wie auch immer, ich beschloss, die Zeit zu nutzen, indem ich ein Fischbrötchen essen ging. Vor meiner Haustür an der Ecke gab es einen Imbiss, der viele verschiedene und vor allem wohl schmeckende Fischbrötchen im Angebot hatte. „Mach mir ja keinen Blödsinn Kurt!" Ich machte die Kaffeemaschine aus, zog das Hemd richtig an, das ich mir verkehrt übergestreift hatte, als Susanne klingelte, und ging aus der Wohnung. „Mit den Worten „Das Fischbrötchen wartet auf mich", machte ich die Tür zu. Ich war schon immer überzeugt davon, dass Hunde ihre Herrchen verstehen konnten.

Als ich aus der Tür trat und gerade über die Straße gehen wollte, sah ich eine ältere Dame, die sichtbar Probleme mit der Überquerung der Straße hatte. Da ich ein durchaus netter und vor allem hilfsbereiter Detektiv war, bot ich ihr meine Hilfe an.

„Werte Dame, mein Name ist Pomm. Kann ich Ihnen vielleicht unter die Arme greifen?" Die alte Dame schaute mich etwas zweifelnd an. Ihr Mund stand offen wie ein O. „Was sind Sie denn für ein Lüstling? Zuerst möchten Sie mir unter die Arme greifen und dann möchten Sie mich womöglich noch vernaschen was!" Das war dann doch zu viel des Guten. Ich wollte dieser Dame nur helfen, dass sie sicher über die Straße kommt. So etwas habe ich ja in meinem Leben als Detektiv noch nie erlebt. Empört lief ich Richtung Imbiss und schaute die Dame noch mal von der Seite an, die Ihre Augen weit aufriss und nickte. Empört begab ich mich zügig über die Straße. Vielleicht konnte ja ein gutes Fischbrötchen meine Laune etwas bessern.

Als ich endlich davor stand und mir bei dem

Anblick schon das Wasser im Mund zusammenlief, musste ich leider feststellen, dass kein Verkäufer anwesend war. Ich wartete einige Minuten und hoffte, dieser Zustand würde sich ändern. Nichts passierte.

Schließlich rief ich „Hallo, kann man hier auch was kaufen oder gibt's heute alles umsonst?" Hinter dem Tresen räusperte sich Jemand. Da schien wirklich einer hinter dem Tresen zu sitzen. Ein Kopf quälte sich hervor. „Trink doch lieber ein Bier", sagte der Besitzer und eine mächtige Fahne drang zu mir durch. „Nein danke, ich hätte lieber zwei Brötchen mit geräuchertem Heilbutt, der ist nämlich so lecker bei Ihnen." Der Besitzer lachte verschwitzt und entgegnete lallend: „Was, lecker soll der sein? Der Heilbutt sieht doch aus wie ein altes, abgehangenes Schwein! Aber wenn es Ihnen schmeckt, wunderbar." Meine Lust auf Fischbrötchen nahm von Minute zu Minute ab. Ich drehte mich um beobachtete die Leute, die an mir vorbei gingen während mein Fisch auf's Brötchen kam. „Das macht sechs Euro werter Herr." „Danke, den Rest können Sie behalten." Ich nahm meine Fischbrötchen und ging von Dannen. Ich hörte den Imbissbudenbesitzer noch rufen „Danke, was für ein gnädiger Herr Sie doch sind." Am liebsten hätte ich zurückgerufen.

Ich ging wieder in meine Wohnung, weit war es ja nicht. Genüsslich aß ich meine Fischbrötchen und stellte anschließend fest, dass es Zeit wurde, zu meiner Klientin aufzubrechen. Ich wollte die nette Frau Untenzu nicht enttäuschen. Eine gute halbe Stunde hatte ich für die Fahrt nach Schwabing eingeplant, denn es war Berufsverkehr.

Kapitel 10

- „Der Auftrag Untenzu" -

Als ich ankam suchte ich zunächst vergeblich die Hausnummer. Ich war nicht gut im <Hausnummern-Suchen>. Ich lief die Straße auf und ab und fragte mich irgendwann, ob ich sie mir auch richtig gemerkt hatte. Ich fragte einen Passanten, der mich zu dem Haus brachte. Es befand sich ziemlich versteckt. Ich stand vor der Haustür und bewunderte die Klingel. Sie sah etwas kurios aus. Während ich drückte, träumte ich so vor mich hin und bemerkte nicht wie die Tür aufging. Gerade als ich noch einmal klingeln wollte und einen Schritt zurück auf die Treppe machte, stand sie da: Frau Untenzu. Ich fiel direkt in ihr Dekolté, denn der Hausflur schien gerade frisch gewischt zu sein und war dementsprechend glitschig. Wie ein angestochenes Huhn fing sie sofort an zu schreien. „Hilfe Hilfe, ein Dieb, ein Dieb!"

Es dauerte ein bisschen bis ich sie davon überzeugt hatte, dass ich kein Dieb, sondern Pomm, der Detektiv war. „Ach, Sie sind das. Mein Gott, haben Sie mir einen Schrecken eingejagt. Erst letzte Woche bin ich überfallen worden." „Entschuldigen Sie Frau Untenzu, das war wirklich keine Absicht. So etwas ist mir noch nie passiert." „Nun ja, das kann ja noch heiter werden Sie ungehobelter Mann." „Ungehobelter Mann? Na hören Sie mal. Ich bin ausgerutscht." „Ausgerutscht? Jetzt werden Sie auch noch obszön! Also mir reicht's, Sie können gehen. Auf Wiedersehen." Sie gab mir einen kräftigen Schubser und knallte mir die Tür vor der Nase zu. Ich wusste gar nicht wie mir geschieht. Ich stand da wie ein Mann, der im wahrsten Sinne des Wortes <vor-die-Tür-gesetzt> wurde. Da wurde mir wieder einmal bewusst wie schön es war, Junggeselle zu sein.

Ich ging zu meinem Auto und war wütend. Glaubte diese Frau ernsthaft, jemand würde freiwillig in ihr Dekolté fallen? Es beinhaltete mehr Falten als der Hund, den ich mir mal im Tierheim angeschaut hatte. Mit was für Menschen man sich herum schlagen muss, nur um seine Miete bezahlen zu können. Ich brauchte diesen Auftrag. Zwar hatte ich bei dem Auftrag in Marseille eine Menge Geld verdient aber es kamen auch öfter Ruhepausen, die es zu überbrücken galt.

Ich stieg wieder aus dem Auto und klingelte erneut. Frau Untenzu erwies sich gnädig und bat mich zu sich hinauf. „Na dann kommen Sie mal herein in die gute Stube. Bitte legen

Sie Ihren Mantel ab und ziehen Sie Ihre Schuhe aus. Ich mag es nicht, wenn fremde Menschen mir den ganzen Straßendreck in die Wohnung schleppen."

Ich kam der Bitte nach. Frau Untenzu stellte sich nochmals bei mir vor. „Also mein Herr, ich heiße Elfriede Untenzu. Würden Sie mir bitte noch einmal Ihren vollständigen Namen mitteilen? Ich bin sehr vergesslich." „Aber natürlich! Ich heiße Pomm. Fritz Pomm und ich bin der Detektiv für alle Fälle aber in der Regel habe ich mich auf den Verdacht des Ehebruchs spezialisiert." Was redete ich da nur zusammen. Das schien einfach nicht mein Tag zu sein. „Pomm. Diesen Namen habe ich noch nie gehört." Ich hatte Untenzu auch noch nie gehört, dachte ich bei mir. Was hatte diese Frau nur für ein Problem. Ich nahm an sie sei krank. Warum sonst verhält sich jemand so seltsam. Ich atmete tief durch.

„Alles in Ordnung Herr Pomm? Kommen Sie, nehmen Sie Platz." Sie zeigte auf ein altes Sofa. „Es ist Zeit über mein Problem zu sprechen", sagte sie. „Möchten Sie einen Kaffee? Damit können Sie vielleicht besser verarbeiten, was ich Ihnen zu erzählen habe." Also diese Frau machte es spannend. Ich war gespannt, mit welch einem Auftrag ich diese Wohnung wohl wieder verlassen werde. Ich verneinte die Frage nicht, obwohl ich wusste, dass eine Liaison aus Kaffee und Fischbrötchen meinem Magen-Darm-Trakt alles andere als gut tat.

Schon nach dem ersten Schluck spürte ich wie eine Schlägerei in meinem Körper begann. Ja, so fühlte es sich an. Ich versuchte, mich nicht darauf zu konzentrieren und blödelte insgeheim ein bisschen vor mich hin. <Untenauf und Untenzu, heute trag ich schwarze Schuh>. „Haben Sie was gesagt, Herr Pomm?" „Oh ähm ja, ich sagte, so wird man nicht überall empfangen. Danke für den Kaffee, das ist sehr freundlich von Ihnen." „Freut mich, dass er Ihnen schmeckt. Das ist eine Spezialmischung, die hat mir meine Tochter aus dem Urlaub mitgebracht." „Spezialmischung aha, na das schmeckt man." Was hatte ich mir da nur wieder eingebrockt.

Während Frau Untenzu zu erzählen begann, prügelten sich mittlerweile schon ganze Banden in meinem Darm. „Sagen Sie Detektiv, hören Sie mir überhaupt zu? Ihr linkes Auge zuckt und sie haben sich innerhalb der letzten zehn Minuten von einer Ecke des Sofas zur anderen bewegt. Haben Sie etwa Blähungen? Wissen Sie, meinem Vater ging es auch immer so, wenn er Kaffee trank." Ich schaute sie mit großen Augen an und wusste ehrlich gesagt nicht, was ich darauf antworten sollte. „Ach wissen Sie, das ist ein altes Leiden aber es stört mich nicht im Geringsten, ich habe mich mittlerweile daran gewöhnt. Und natürlich habe ich Ihnen zugehört." Doch dann fing ich plötzlich ziemlich an zu schwitzen und der Schweiß rannte über meine Stirn. „Wäre es denn möglich einmal Ihre Toilette zu benutzen?" „Aber natürlich dürfen Sie Herr Pomm, das ist doch keine Schande, wenn man unverhoffter Dinge, den Ort der Stille betreten muss."

Kaum saß ich auf der Schüssel in diesem ehrenwerten Haus, war es auch schon so weit, meine Pupillen zogen sich förmlich zusammen und ich explodierte. Mir wurde ganz schwindelig und ich griff nach dem Toilettenpapier, also ich wollte zumindest aber da war keins. Ich wäre am liebsten aus dem Fenster gesprungen. Dieser Tag toppte alle Peinlichkeiten, die meinen Weg bisher kreuzten. Ich saß bei einer dicken, alten Frau mit pinkem Lidschatten und einem faltigen Dekolté, das ich schon persönlich kennen lernen durfte, auf dem Klo. Ich hatte den schlechtesten Kaffee der Welt getrunken, verdorbene Fischbrötchen gegessen kein Klopapier, um das hinterlassende Chaos auf meinem zweitliebsten Stück, an welches ein

Dackel mir in aller Frühe seine nasse Zunge drückte, zu beseitigen.

Ich kniff mir in den Unterarm in der Hoffnung mich in einem Traum zu befinden. Leider wurden meine Hoffnungen zerstört, als ich die Stimme von Frau Untenzu hörte. „Würden Sie bitte das Fenster öffnen und die Spülung betätigen, das riecht man ja bis hierher." Ich suchte nach etwas nützlichem für mein Problem aber ich fand nichts. Ich konnte ja schlecht ein Handtuch nehmen. Ich hatte die Wahl: Eine Frau mit dem Namen Untenzu um Toilettenpapier bitten oder die Seiten der Gala, die zufällig auf der Waschmaschine neben dem Klo lag, zur Beseitigung meiner Fäkalien zu benutzen. Die Entscheidung fiel schnell auf die zweite Variante. Ich riss ein paar Seiten heraus und wischte mir mit der Geschichte irgendeiner Bürgerlichen, die jetzt in ein Königshaus einheiratete, den Arsch ab. Es war nicht besonders angenehm aber es erfüllte seinen Zweck. Den Rest der Zeitung steckte ich mir in meine innere Jacketttasche. Es sollte ja nicht auffallen und da diese Untenzu wahrscheinlich sowieso keine Ahnung hatte, was sich in ihrem Badezimmer alles befand, würde sie es sicher nicht bemerken.

Zurück im Wohnzimmer kam sie endlich zur

Sache. „Ich möchte, dass Sie meinen Ehemann beschatten, denn ich habe den Verdacht, dass er ein paar Liebschaften pflegt. Das möchte ich natürlich so schnell wie möglich herausfinden." „Das kann ich verstehen. Es ist sicher nicht einfach, sich mit diesem Gedanken zu plagen und in Ungewissheit zu leben. Erzählen Sie mir doch bitte etwas mehr über Ihren Mann. Für meine Ermittlungen ist jedes Detail wichtig. Was macht er beruflich?" „Mein Mann ist Oberkellner im Hofbräuhaus und er hat ständig mit jungen Dingern zu tun. Da bekommt man Zweifel." „So so, aber das ist noch kein Indiz Frau Untenzu." „Ja sagen Sie mal Herr Pomm, in welcher Welt leben Sie eigentlich? Bei Ihnen persönlich ist das wohl noch nie vorgekommen, dass Sie den hübschen jungen Damen nachgeschaut haben, was?" Als Charmeur und Detektiv der alten Schule antwortete ich: „Frau Untenzu, ich pflege zunächst den Aufbau einer geistigen Ebene, wenn Sie mir diese Bemerkung erlauben." „Wie auch immer Herr Pomm, ich brauche Klarheit. Wann können Sie anfangen?" „Wenn Sie noch einige Eckdaten benennen, sofort aber lassen Sie uns vorher noch über die Kosten sprechen." „Ich kann mir schon denken, dass Sie maßlos überteuert sind Herr Pomm aber in diesem Fall ist mir das egal.

Hier haben Sie 300 Euro, das sollte reichen für den Anfang. Bitte verkleiden Sie sich als Frau mit großer Oberweite, darauf steht mein Mann. Nur so können Sie den Auftrag vernünftig ausführen. Mehr Geld kann ich Ihnen erste nächste Woche geben. Da ist Monatsanfang." Ich schluckte schwer. Ich sollte mich als Frau verkleiden? Das konnte diese Dame doch nicht ernst meinen. Ich war Detektiv und keine Transe. „Frau Untenzu, dass Ihr Gatte auf eine große Oberweite steht, das habe ich mir schon gedacht aber dass ich mich als Frau verkleidet im Hofbräuhaus als Gast ausgeben soll, das kann doch nicht Ihr Ernst sein." „Wollen Sie den Auftrag oder wollen Sie ihn nicht?" „Ich würde den Auftrag gerne für Sie ausführen aber auf meine Art." „Also entweder Sie tun, was ich Ihnen sage oder ich suche mir einen anderen Detektiv. Es gibt schließlich genug hier in der Stadt." Ich konnte kaum atmen und sagte leise: „Also gut, ich werde es versuchen." „Nein Herr Pomm, Sie werden Ihr Bestes geben." Sie lächelte mich hämisch an.

Nach einer kurzen Verabschiedung war ich endlich frei. So eine Klientin hatte ich wirklich noch nie. Kaum an der frischen Luft, klingelte mein Handy. „Detektiv Pomm." „Herr Pomm, was haben Sie mit meiner Gala gemacht? Die habe ich gestern erst gekauft!" Meine Stimme war weg. Ich machte ein paar Kratzgeräusche und murmelte etwas von „schlechtem Empfang". Danach stieg ich schnell in mein Auto und fuhr nach Hause. Für den Rest des Tages schaltete ich es aus. Mein Interesse an weiteren Peinlichkeiten oder Klientinnen wie Frau Untenzu hielt sich in Grenzen.

Kapitel 11

- „Männertheater" -

Zur Ruhe aber, kam ich trotzdem nicht. Zuhause angekommen fing ich zu grübeln an. Ich wusste einfach nicht, was ich anziehen sollte. Sich als Frau zu verkleiden ist gar nicht so einfach. Es sollte ja auch echt aussehen. Da kam mir eine Idee.

Als ich in Gedanken versunken so aus dem Fenster schaute, sah ich meine Nachbarin Susanne den Müll wegbringen. Ich rief kurzerhand hinunter und grüßte sie, da wir als Nachbarn doch ein anständiges und freundliches Verhältnis miteinander pflegten. Sie drehte sich herum und grüßte zurück. „Hallo Pomm, wie geht 's? Du hast bestimmt wieder einen anstrengenden Tag vor dir, was?" „Hinter mir Susanne, hinter mir." Ich weiß zwar nicht wieso aber ich hatte das Gefühl, Susanne könnte mir bei meinem Auftrag behilflich sein. Sie war ja schließlich eine Frau und wer konnte eine Frau besser in eine Frau verwandeln als eine Frau? „Es tut mir Leid, wenn ich dich heute morgen verschreckt habe", sagte ich zu ihr, wobei meine Wangen in ein zartes Rosé getaucht wurden. Ich spürte, dass auch Susanne nicht so recht wusste, was sie sagen sollte. „Kein Problem, ich wollte dir nur Guten Morgen sagen, mehr nicht." Sie ging wieder ins Haus. Ich rannte aus der Tür, um sie abzufangen. „Warte Susanne! Ich muss dich noch etwas fragen. Ich habe da einen neuen Auftrag und wollte dich um etwas bitten." „Wenn ich Kurt wieder für ein paar Tage nehmen soll, kein Problem." Wieder wollte sie verschwinden. Anscheinend hatte sie seit heute morgen nicht so recht Lust sich mit mir zu unterhalten. Aber wie sollte ich ihr das verübeln. Sie hatte mir schon so oft geholfen und sich des Öfteren um Kurt gekümmert, doch nie hatte ich mich so richtig bei ihr bedankt. Und dann auch noch die peinliche Aktion am frühen Morgen. „Nein, darum geht es nicht." Sie blieb stehen und sah mich an. „Ich muss mich für einen Auftrag als Frau, nun ja, verkleiden und da ich in der Darstellung des weiblichen Wesens nicht sonderlich bewandert bin, wollte ich dich um Hilfe bitten. Natürlich erst nach einem Mittagessen, zu dem ich dich herzlich einlade." Zuerst sah Susanne so aus, als würde sie sich freuen, indem sie mich sowohl überrascht, als auch freundlich anlächelte. Doch dann erteilte sie mir eine Absage und lies mich einfach stehen. Verwundert schaute ich ihr nach. Wahrscheinlich hatte ich sie verschreckt.

Schon wieder.

Ich beschloss, einen Spaziergang zu machen und schnappte meinen Dackel. Etwas frische Luft würde mir gut tun, dachte ich. Zudem hatte ich Hunger und da Susanne mir abgesagt hatte, musste wie so oft mein Kurt als Begleiter herhalten. Wir schlenderten so durch die Straßen, als wir plötzlich an einer Boutique vorbei kamen. Im Schaufenster hing ein Schild. Es trug die Aufschrift <Sie wollten schon immer wie eine Lady gekleidet sein, können es sich aber nicht leisten? Dann mieten Sie sich doch ein Outfit und kommen Sie rein! Heute 50 Prozent Rabatt!> Schnell band ich meinen Dackel draußen fest und stattete dem Laden einen Besuch ab. Der kam einfach wie gerufen. Es interessierte mich, wie viel es wohl kostet ein Kleid auszuleihen. Ein bisschen mulmig war mir ja schon, denn schließlich war ich ein Mann.

Ich öffnete die Tür. Es war keiner zu sehen. „Hallo? Kann mir jemand helfen?" Eine ältere Dame mit Brille tauchte auf und begrüßte mich freundlich. „Guten Tag der Herr, was kann ich denn für Sie tun?" „Ich brauche ein Kleid und Schuhe. Hohe Schuhe", stotterte ich vor mich hin. „Kein Problem, davon haben wir genug. Welche Größe hat Ihre Frau?" Was hatte ich mir da bloß wieder eingebrockt. Ich entschloss mich spontan für eine Lüge. Äußerst männlich erklärte ich ihr: „Wissen Sie, ich spiele Theater und nächste Woche führen wir ein neues Stück auf. Ich spiele eine weibliche Rolle, da wir ein reines Männertheater sind." „Oh, das klingt aber sehr interessant. Wie heißt das Theater? Ich habe noch nie von einem reinen Männertheater gehört." Ich schluckte. „Also…wir..wir haben eigentlich gar keinen direkten Namen. Unsere Stücke werden immer woanders aufgeführt, das sorgt für Abwechslung. Wir nennen uns einfach Männertheater." „So so. Und Sie müssen für Ihr Stück also aussehen wie eine Frau?" „Richtig, richtig." „Wie heißt den das Stück? Ich muss ja wissen, welche Kleider in Frage kommen, denn wir haben alles. Und sagen Sie mir nicht das Stück hätte auch keinen Namen. Nur keine falsche Bescheidenheit mein Herr." Sie schaute mir tief in die Augen. Heute schien ich eine ganz besondere Wirkung auf ältere Damen zu haben. „Verführung im Hofbräuhaus", antwortete ich schnell. Die Verkäuferin lachte. „Na dann kommen Sie mal mit, ich habe da schon etwas im Auge".

Ich probierte ein Kleid nach dem anderen. Ganze zweieinhalb Stunden verbrachte ich in dem Leihgeschäft und dachte mir Geschichten über Männertheaterstücke aus, während sich die ältere Dame köstlich über meine fraulichen Bewegungen amüsierte. Vielleicht hätte ich doch eher Schauspieler als Detektiv werden sollen, dachte ich. Mit einem Dirndl und Schuhen, die höher waren als der Eifelturm, verließ ich mit fast 120 Euro weniger in der Tasche das Geschäft. Man bedenke dabei, dass die 50 Prozent Rabatt schon abgezogen wurden. Wo um Himmels Willen war ich da nur wieder hinein geraten? Ich beschloss, meine Errungenschaften nach Hause zu tragen und noch etwas essen zu gehen. Shopping war ja so anstrengend.

Kapitel 12

- „Frauenträume" -

Nach einem kurzen Abstecher Zuhause stieß ich auf der Suche nach etwas Deftigem auf eine einladende Wirtschaft in der Nähe der Boutique, in der ich die Kleider gekauft hatte. Ich hatte so einen Hunger, dass ich hätte einen Liter Rotwein mit ganzem Schwein verspeisen können. Ich ging also hinein und vergaß dabei meinen Dackel Kurt, der noch immer vor dem Leihgeschäft auf mich wartete. Ich stolperte unbeholfen wie immer durch die Gaststube und suchte mir einen gemütlichen Platz mit einer netten Aussicht auf die Straße. Da Detektive sehr neugierig sind, interessierte es mich immer, was um mich herum alles passierte. Bis der Wirt endlich kam, sah ich den Streit eines Ehepaares, bei welchem die Frau ihrem Mann einen ziemlich rabiaten Tritt verpasst, eine Oma, die von ihrem Hund ausgeführt wurde und zur Krönung einen Mann, der direkt an die Scheibe kotzte und danach weiter des Weges ging als wäre er noch immer auf einer Tanzfläche.

Ich wechselte den Platz und wandte meinen Blick wieder zum Wirt, der mir mit einer Speisekarte entgegen kam. „Ich habe einen wahnsinnigen Appetit, haben Sie noch etwas zu essen?", fragte ich. „Aber natürlich mein Herr, was das Herz begehrt. Wir haben eine umfangreiche Karte." Der Wirt machte sich wieder auf den Weg zum Tresen und mein Blick folgte ihm. Die Stirn runzelnd fragte ich mich, ob der gute Herr sich selbst der beste Gast war, denn er konnte kaum noch über seinen Bauch hinweg gucken. Gegenüber von mir saß eine junge, attraktive Frau, die mich ständig im Visier hatte. Unsere Blicke trafen sich und sie wurde sehr nervös und rutsche fortan auf ihrem Stuhl hin und her. Irgendwie süß dachte ich und überlegte, ob ich sie nicht ansprechen sollte. Schließlich war ich so ein einsamer Detektiv und sehnte mich nach einer Frau. Irgendwie verlor ich den Mut aber im Innersten meiner Seele schlummerte der Wunsch, endlich eine Frau fürs Leben zu finden, mit der man auch mal Pferde stehlen konnte.

Ich vergaß das Essen, ging an die Bar und bestellte mir einen Schnaps. Den brauchte ich in diesem Moment, denn mir war ganz komisch und der Hunger verflog mehr und mehr. Immer wieder schaute ich zwischendurch zu dieser jungen Frau hinüber und sie lächelte mich an. Warum war ich nur so schüchtern, wenn eine attraktive Dame vor mir stand? Sonst war ich doch der lebhafteste Detektiv den man sich denken kann. Vielleicht lag es einfach in meiner Natur Abstand zu wahren.

Gerade als ich ansetzen wollte, um meinen Schnaps zu trinken, kam ein Hüne von Mann angepoltert und stellte sich hinter mich. Ich bemerkte sofort, dass dieser Hüne von Kerl mich inspizierte. Also bestellte ich mir noch einen zweiten Schnaps, den ich sofort auf ex austrank. Plötzlich wurde mir ganz anders, denn mir fiel auf, dass mein Dackel nicht in Sicht war. „Ach du Himmel", stöhnte ich. „Wo hab ich nur meinen Kurt gelassen?" Ich war ganz in Gedanken und überlegte, wo ich ihn zuletzt gesehen hatte. Dieser Kerl, der hinter mir stand, hörte meine Worte und fing sofort damit an, mich voll zu sabbeln. Mit tiefster Stimme sagte er: „Ja hallo mein Kleiner, du suchst einen Kurt? Dann nimm doch mich, ich heiße auch Kurt und das schon seit ich auf dieser Erde weile." Ich schluckte schwer und der Schnaps brannte in meiner Kehle. Der Typ war vom anderen Ufer. An einem Ufer, von dem ich ganz schnell wieder weg schwimmen wollte, doch ich ließ es mir nicht nehmen, meine Schauspielkünste etwas, nun sagen wir mal, zu vertiefen. Mit einer langsamen Bewegung drehte ich mich um und schaute diesem Typen direkt in die Augen und sagte: „Aber hallo, was bist du denn für einer? Ich suche meinen Hund und der heißt Kurt. Können Sie sich vorstellen wie ich mich fühle? Der Kleine hat vier Beine und wedelt ständig mit dem Schwanz. Es ist eine Freude ihn in meiner Nähe zu haben und jetzt ist er weg." Ich stand auf und legte noch einen drauf, indem ich verzweifelt und mit weinerlicher Stimme sagte: „ Können Sie sich vorstellen wie das ist, ohne Hund zu leben, ohne ihn aufzuwachen ohne sein süßes Lächeln zu sehen?" Der Wirt glaube nicht, was er da hörte und sah und polierte seine Gläser weiter. Der Typ vor mir aber entgegnete meinen Worten tough: „ Mein Lieber, was dein Hund kann, das kann ich auch. Wollen wir vielleicht eine Runde Gassi gehen?" Die junge Frau beobachtete das Geschehen interessiert und fing an zu lachen. Nicht laut aber so, dass man es hören konnte. Es freute mich, sie zum Lachen gebracht zu haben, jedoch war dieser Mann zu viel des Guten und ich beschloss, meine Schauspielkünste nicht noch weiter zu überschätzen und zu gehen. Ich legte einen Zehner auf die Theke und verabschiedete mich mit den Worten „Entschuldige aber ich mag 's eher blond und langhaarig." Als ich schon draußen war, blickte ich noch einmal heimlich um die Ecke und zwinkerte der jungen Dame zu. Sie zwinkerte zurück und mit diesem entzückenden Augenaufschlag im Gedächtnis schlenderte ich fröhlich zu meinem Dackel Kurt, dem die Verkäuferin schon ein Schälchen Wasser hingestellt hatte. Mein kleiner Dackel Kurt schlabberte an mir herum, als hätten wir uns Wochen nicht gesehen. Vermisst hatte ich ihn ja schon diesen treuen Gefährten. „Sei nur froh mein Kleiner, dass du ein Dackel bist und kein Mensch. Komm lass uns endlich nach Hause gehen, damit wir den heutigen Tag in Ruhe ausklingen lassen können."

Langsam und gemütlich schlenderten wir die Straße entlang und ich schaute mich nach der holden Weiblichkeit um, die ich mir so sehr wünschte. Aber ich durchgeknallter Detektiv sah nichts, was mir wirklich zugesagt hätte, also war ich wieder einmal nur froh darüber, endlich wieder Zuhause zu sein. Ohne meinen Dackel und meine ehrenvolle Tätigkeit als Detektiv würde ich wahrscheinlich gar nicht mehr aus dem Hause gehen und wäre Einsiedler auf einer Alm.

Kapitel 13

- „Generalprobe" -

Inzwischen war es Abend geworden und ich bereitete mich schon etwas für den nächsten Tag vor. Ich hing das Kleid auf einem Bügel außen an meinen Kleiderschrank, legte die Perücke auf einen Stuhl und stellte die Schuhe dazu. Wie nur sollte ein Mann auf solchen Schuhen laufen? Ohne ein bisschen Übung würde ich den morgigen Tag nicht überstehen und der Auftrag würde platzen. Aber ich brauchte das Geld, denn ich wusste ja nie, wann mich der nächste Auftrag ereilt. Ich setzte mich hin, zog die Pumps an und versuchte mich hinzustellen. Wackelig stand ich da wie ein Erpel, der gerade aus dem Ei geschlüpft war und seine ersten Gehversuche starten wollte. Erst den einen Fuß und dann den anderen, das konnte ja nicht so schwer sein. Optimistisch wie ich war, begann ich, meine Gedanken in die Tat umzusetzen. Ein Fuß vor den anderen. Leider machte mir mein Dackel Kurt einen Strich durch die Rechnung und stellte sich genau an die Stelle, wo sich eigentlich mein Fuß platzieren sollte. Ich stolperte und fiel so richtig schön auf die Nase, die sofort zu bluten begann. Kurt rannte jaulend weg und ich lag da wie eine Flunder. Auch mein Kopf hatte etwas abbekommen, denn bei meinen Gehversuchen riss ich den Garderobenständer gleich mit und stieß mit meinem Kopf an eine Ecke an. Es tat höllisch weh und mir war so schwindelig, dass sich alles drehte.

Es klingelte an der Tür. „Fritz? Fritz ist alles in Ordnung bei dir?" Es war Susanne. Sie hatte das Gepolter gehört und machte sich anscheinend Sorgen. Ich war gar nicht richtig klar im Kopf und rief nur zurück „Ich, ich bin hingefallen." Mit letzter Kraft kroch ich zur Tür und öffnete. Danach wurde ich ohnmächtig. Ich fand mich irgendwann auf meinem Sofa wieder, neben dem Susanne saß und mir einen Eisbeutel hinhielt. Ich blinzelte sie an ohne so recht zu wissen was los war oder was sie hier neben mir machte. „Du hast eine leichte Gehirnerschütterung. Nichts Dramatisches hat der Arzt gesagt und dir ne Spritze gegeben. Du sollst dich etwas ausruhen und kühlen." Ich nahm zögerlich den Eisbeutel und legte ihn auf meine Beule. „Kann ich noch etwas für dich tun Fritz? Ist alles in Ordnung?" „Ja, alles in Ordnung. Tut nur noch ein bisschen weh aber du kannst ruhig gehen." Ich wollte eigentlich gar nicht, dass sie geht. Susanne war eine nette Gesellschaft und ich hatte sie gerne um mich. „Gut, dann ruhe dich aus. Wenn du was brauchst, du weißt ja, wo du mich findest." Sie wollte gerade gehen als ich doch noch ein paar Worte heraus brachte. „Susanne?" „Ja?" „Warte, ich wollte mich noch bei dir bedanken." „Schon gut Fritz." Sie wollte schon wieder gehen. „Ich, ich, ich….ich habe noch eine Pizza im Tiefkühlfach und ich würde sie gerne mit dir teilen. Wie soll ich denn ohne Gesellschaft gesund werden? Außerdem habe ich den ganzen Tag noch nichts gegessen. Bleibst du?" Susanne war sichtlich überrascht über meine Worte, freute sich aber. „Na gut, ich habe eh nichts mehr zu tun heute."

Wir verbrachten den Abend zusammen und lachten was das Zeug hält. Ich hatte gar nicht gewusst wie sympathisch Susanne war. Sie war nett, das hatte sie schon oft bewiesen aber sympathisch und nett, das sind zwei unterschiedliche Dinge. Besonders wenn es um Frauen geht. Wir aßen alte Tiefkühlpizza und tranken noch älteren Wein dazu. Ich erzählte ihr genaueres von meinem aktuellen Auftrag und sie gab mir Tipps von <Frau zu Mann>. Mit Susannes Hilfe wagte ich mich sogar nochmals in die hohen Schuhe. Das machte mein Kopf zwar nicht lange mit aber es war besser als nichts, denn morgen würde ich nicht mehr viel Zeit haben zum üben. Nachdem sie gegen Mitternacht ging, machte ich es mir noch ein wenig auf meinem Sessel gemütlich. Wer erlebt so viele komische Dinge an einem Tag? Ich lachte innerlich und schaute aus dem Fenster bis ich irgendwann einschlief.

Kapitel 14

- „Ohrfeige aus dem Jenseits" -

Gegen zehn wachte ich auf. Solange hatte ich lange nicht geschlafen. So schlecht allerdings auch nicht. Mir taten alle Knochen weh von meiner Nacht auf dem Sessel. Bevor ich aufstand schaute ich nach, ob das Schlitzohr von Dackel mir wieder etwas vor die Füße gelegt hatte. Aber dem war nicht so also stand ich auf und ging in die Küche, um mir Frühstück zu machen. Mein Kopf dröhnte noch immer ziemlich von der Mischung aus Sturz und zu viel altem Wein.

Beim Tisch decken fiel mir die Butter aus der Hand und als ich mich bückte um sie aufzuheben, drehte sich nicht nur wieder alles, sondern es riss auch noch meine Unterhose. Kurt schaute mich daraufhin mit seinen treuherzigen Augen an. Fast so, als ob er Mitleid mit mir hatte. Ich setzte mich einen Moment hin und schnaufte durch. Mein Leben war ein einziges Chaos und das jeden Morgen aufs Neue. War ich wohl der einzige Mensch auf dieser Welt, der ständig vom Leben reingelegt wurde? Im wahrsten Sinne des Wortes.

Ich dachte plötzlich an meine toten Eltern und

fragte mich, ob sie mich wohl hier unten sehen konnten. Stolz konnten sie ja nun wirklich nicht auf mich sein, dachte ich bei mir. Wahrscheinlich blamiere ich sie vor Gott, der nur noch den Kopf schüttelt, wenn er mich sieht. Früher hätte mir meine Mutter die Hose wieder zusammen genäht, so, wie sie alles zusammennähte, was riss in meinem Leben. Aber seid sie und mein Vater nicht mehr auf der Erde weilten, musste ich selbst mein Leben flicken aber ich fand einfach die Nadel manchmal nicht.

Ich schmiss die Hose in den Müll wo sie hingehörte und ging zu meinem Kleiderschrank um mir eine neue zu holen. Als ich so davor stand, hörte ich plötzlich eine Stimme. Erst konnte ich kein Wort darin erkennen, weil sie so leise war aber dann wurde sie immer lauter und ich bekam eine mächtige Gänsehaut. Da rief jemand meinen Namen! Es war eine vertraute Stimme. Ich zitterte als ich erkannte, dass die Stimme, die da meinen Namen rief, die Stimme meiner Mutter war. Sie kam aus dem Spiegel an meinem Kleiderschrank. Ich erkannte einen Umriss darin und stand da wie gelähmt. „Mein Sohn, ich muss leider einschreiten, denn das kann man nicht mit ansehen von da oben. Du bist ein schöner und anständiger Junge geworden aber dein ganzes Leben ist ein Drama!" Ich konnte einfach nicht glauben, was ich da zu hören bekam. „Mama, bist du….bist du es wirklich? Wir haben uns so lange nicht gesehen. Geht es euch gut da oben? Was machst du den ganzen Tag?" „Mein Sohn, das geht dich einen feuchten Scheißdreck an, was ich da oben treibe! Ich bin stinksauer auf dich, denn du bekommst dein Leben einfach nicht in den Griff. Sieh dich doch mal an. Du hast weder eine Familie noch einen vernünftigen Job. Detektiv, überlege doch mal, das ist doch keine Arbeit." Was für eine Standpauke! Ich musste träumen. Ich kniff mir in den Arm und hoffte, jeden Moment würde mich die hübsche Frau mit dem zauberhaften Lächeln aus dem Lokal küssen und mich aus meinem Traum holen. In diesem Moment kam eine Hand aus dem Spiegel und erteile mir eine Backpfeife. „Junge, wach auf! Beginne endlich zu leben wie ein normaler Mann!" Ich stand sprachlos da und war nun völlig verwirrt. „M m m m aam a, kk kannst ddu mmir bbittte s aagen, w w w arum du mir eine runter ge h h h auen h h ast?" Kaum hatte ich unter größten Anstrengungen diese Worte verloren, kam die Hand meines toten Vaters aus dem Spiegel und schon wieder hatte ich mir eine eingefangen. Das musste ein Traum sein. Ich war nun völlig sprachlos und starrte völlig entgeistert in den Spiegel. Die Stimme verschwand und es wurde wieder ruhig. Das lag ganz wahrscheinlich an dem Alkohol, den ich am Vortag zu mir genommen hatte und an der Gehirnerschütterung, anders konnte ich mir das nicht erklären. Ich versuchte, mich zu besinnen und zog mir eine neue Unterhose an. Gerade als ich wieder in die Küche gehen wollte, sprach erneut eine Stimme zu mir. Dieses Mal war es allerdings eine andere. „Fritz, mein Sohn, wenn das so weiter geht mit dir, dann kommst du niemals in den Himmel, sondern in die Hölle, weil du das Leben auf Erden nicht zu schätzen wusstest. Also suche dir eine Eva und mache sie gefälligst glücklich." Die Stimme war so ruhig. So angenehm. So erfüllend. Sie schwebte um mich herum wie ein heller Dunst, in dem man gern verweilt. Aber als ob nicht schon schlimm genug war, dass meine Eltern mich in Unterhosen sahen, jetzt kam auch noch Gott höchstpersönlich auf die Idee mir einen Besuch abzustatten und ich hatte noch nicht mal die Möglichkeit mir etwas anzuziehen. Als ob er meine Gedanken hören konnte, sagte er „Mein Sohn, alle menschlichen Wesen sind gleich. Ich habe dich doch schon so oft nackt gesehen, du musst dich nicht genieren. Aber wenn du dir eine Frau suchst, solltest du dir schon etwas anziehen, sonst verschreckst du sie. Und jetzt hole deine Brötchen und gehe in Frieden." Was sollte denn das nun wieder heißen? Die tiefe Stimme verschwand und ich stand unter Schock. Ich stand mindestens eine halbe Stunde völlig bewegungsunfähig da und meinem Mund hatte sich jede Feuchtigkeit entzogen. Nur das Bellen von Kurt weckte mich wieder auf. Das war so vertraut, das musste einfach echt sein. Ich traute mich wieder zu atmen und blickte mich um. Es war alles normal. Kein Dunst, kein Umriss im Spiegel. Nur schon die zweite Unterhose an diesem Tag, die ich durch eine neue ersetzen musste, weil ich vor Angst.....Naja, ich denke darüber brauche ich kein weiteres Wort verlieren. Das passiert jedem Mal, sicher auch Gott.

Stunden nachdem ich aufgestanden war, saß ich nun endlich mal an meinem Frühstückstisch und trank einen Kaffee. Ich dachte an die Erlebnisse der letzten Tage und Stunden und grübelte über die Worte, die aus dem Jenseits an mein Ohr getreten waren, sofern ich nicht verrückt war. Wäre ich doch nur ein Italiener geworden, dann könnte ich jetzt in einer Pizzeria in Rom sitzen und das

Leben genießen. Ich musste raus. Dringend! Schnell schmiss ich mich in meine Sachen und suchte mit meinem Drahtesel den nächsten Bäcker auf, um mir ein paar Brötchen zum Frühstück zu holen.

Kapitel 15

- „Die Torte, die zum Ouzo führte" -

Ich fuhr zur <Bäckerei Lisa>, einer Bäckerei, deren Besitzer ich kannte. Lisa, die Inhaberin, ging mit mir zu Schule und auch ihren Vater kannte ich. Er war ebenfalls Bäckermeister und sorgte für die wohl leckersten Torten der Stadt.

Kaum hatte ich die Bäckerei betreten, passierte schon wieder ein Missgeschick. Ich grüßte Lisa freundlich, indem ich die Augen schloss und mich spaßeshalber vor ihr verbeugte. Zu dumm nur, dass ihr Vater gerade mit einer großen Schwarzwälder Sahnetorte um die Ecke kam, in der ich prompt mit meiner Nase landete. „Fritz, bist du das? Was bist du nur für ein dämlicher Kerl? Hast dich überhaupt nicht verändert seit damals. Kannst du nicht aufpassen? Weißt du wie viel Arbeit da drin steckt?" Er lief so rot an, dass ich dachte er platzt. Doch auch mein Gesicht färbte sich vor Scham und ich wusste gar nicht, was ich sagen sollte. „Guten Tag Herr Moch, es tut mir wirklich furchtbar leid. Das war keine Absicht, ich wollte nur ihre Tochter begrüßen und mir etwas zum Frühstück holen. Ihre Torten sind einfach die besten der Stadt", lobte ich ihn zur

Wiedergutmachung und hoffte er würde meine Entschuldigung annehmen. „So, sind sie das ja?", fragte er mürrisch und ging zurück in seine Backstube. Ich hatte ihn verschreckt, dachte ich. Doch weit gefehlt. Er schoss aus der Küche zurück, drückte mir eine Torte in die Hand und schob mich zur Tür. „So Pomm, jetzt bringst du diese Torte hier da drüben zu den Griechen, die sie für ihre Feier bestellt haben. Gleich da drüben, Nummer 60. Es ist das zweite Haus von links. Und wehe das klappt nicht, dann brauchst du diesen Laden hier nie wieder zu betreten. Oder meinst du ich mache jedes Mal eine Ersatztorte?" So stand ich also vor der Bäckerei mit einer Schwarzwälder Torte für einen Griechen, die mir ein dicker Bäckermeister in die Hand gedrückt hatte, dem die Misere wahrscheinlich gerade recht war, da ich von Lisa wusste, dass er sich aufgrund seines Bauches nicht gerne zu Kunden traute. Was für ein Tag! Da wollte ich einfach nur etwas Schönes für meinen Frühstückstisch kaufen gehen und nun das. Wie sollte ich diese Torte heil da rüber bringen und was würde passieren, wenn ich es nicht schaffe? Ich ging los. Ein Schritt. Noch ein Schritt. Noch ein Schritt. Ich muss ausgesehen haben wie ein Erpel, der gerade seine ersten Gehversuche startete.

Als ich endlich vor besagtem Haus stand, schaute ich zunächst durch das Fenster. Ich wusste ja nicht, was mich erwarten würde. Ich schielte hindurch und sah eine festlich gedeckte Tafel und viele Leute in schicker Garderobe. An der Tür klebte ein abgerissener Zettel mit der Aufschrift <Heute wegen Hochzeit geschlossen>. Wie sollte ich bloß an die Tür klopfen, wo ich doch die Torte in der Hand hatte? Ich wollte sie gerade kurz auf den Boden stellen, da ging die Tür auf und ein gut gelaunter Grieche riss mir die Torte aus der Hand während zwei Damen mich mit tanzenden Bewegungen in das Restaurant zogen, in dem sich mindestens 150 feiernde Gäste befanden. Ehe ich mich versah, stand ich mit einem Griechen an der Bar, der seinen Arm um mich legte und mir mit einer übel riechenden Fahne einen Ouzo einschenkte. „Wir feiern Hochzeit seit heute morgen und du feiern mit uns. In Griechenland wir fangen früh an. Komm trink mein Freund!" „Gerne aber nur einen. Das ist nett von ihnen." Ich hatte gerade ausgetrunken, da war mein Glas schon wieder voll. Voller als voll. „Meine Freund, was du wollen mit eine Ouzo, das nur eine bisschen Kitzeln in deine Magengegend. Trink!" Dieses Szenario wiederholte sich gefühlte 100 Mal. Und das auf nüchternen

Magen! Ich musste dringend etwas essen und der Grieche führte mich zum Buffet, dass größer war als meine gesamte Wohnung. Suflaki, Zaziki, Knoblauch und Schwarzwälder Torte, ich aß und aß und aß. Je mehr ich in mich drückte, desto besser ging es mir. Ich tanzte Sirtaki mit schönen Frauen, trank Ouzo und griechischen Wein im Wechsel und fand mich nach ein paar Stunden irgendwo auf der Toilette das Klo umarmend wieder. Ich hatte schreiende Kopfschmerzen. Nach meinem Sturz hatte ihm das Ganze anscheinend nicht so gut getan. Ich erhob mich und stellte fest, dass noch nicht alles meinen Magen wieder verlassen hatte. Ich übergab mich wieder und versuchte dann irgendwie aus diesen Feierlichkeiten zu kommen, was gar nicht so einfach war. Auf dem Weg zur Eingangstür musste ich wieder tanzen und mein Kopf drehte sich noch mehr. Als ich mich endlich durchgekämpft und das Lokal verlassen hatte, stand der Bäckermeister kopfschüttelnd vor der Bäckerei und lachte laut als er mich sah. Ich konnte nur noch ganz verschwommen sehen und nahm das erste Taxi, das mir unter die Nase kam. Zuhause angekommen fiel ich angezogen kopfüber in mein Bett. Sofort schlief ich ein. Ich begann zu träumen. Von der Bäckerei, in der mich eine alte Frau verprügeln wollte. Von dem Bäckermeister, dem ich 36,50 € geben musste, weil ich schon wieder in einer seiner Torten landete. Von Lisa, die ich zum Spaß fragte, ob sie mich nicht zum Manne nehmen wollte, was ihr Vater allerdings mit einem Nein direkt beantwortete, weil sie einen besseren Trottel als mich gefunden hatte und ich träumte von griechischen Schönheiten und wie sie ihren Ouzo noch zu ganz anderen Zwecken einsetzten.

Kapitel 16

- „Der Sabber der Erinnerung" -

Gegen Abend wachte ich auf und hatte mein ganzes Kissen voll gesabbert. Es war schon dunkel draußen und die Uhr zeigte 19 Uhr. Ich ging ins Bad und mir war immer noch halb schlecht, als mein Handy klingelte. „Ja, hier Pomm." „Herr Pomm, hier Untenzu. Wie steht es mit meinem Mann?" Ich sackte zusammen und wusste keine Antwort, hatte ich doch den Auftrag vor lauter Feiern total vergessen. „Herr Pomm, sind Sie noch dran?" „Frau Untenzu, ich wollte Sie gerade anrufen und Ihnen mitteilen, dass alles in bester Ordnung ist. Ich arbeite daran aber jetzt muss ich auch gleich schon wieder los, denn ich bin sehr in Eile. Ich rufe Sie morgen an." Ohne eine Reaktion abzuwarten, legte ich auf. Das Handy schaltete ich aus, denn ich musste erst einmal einen klaren Kopf bekommen bevor ich weiter mit dieser seltsamen Dame sprach. Und seltsam war sie, denn immerhin verlangte sie von mir, dass ich mich als Frau verkleidete, um ihren Mann auszuspionieren. Gab es nicht genug weibliche Detektive, die diesen Auftrag viel besser ausgeführt hätten als ich? Im heutigen Jahrtausend gab es sogar spezielle

Dienste, wo Frauen arbeiteten, die Treuetests hauptberuflich ausführten. Aber wer will sich schon beschweren. Ich war froh, dass mich überhaupt jemand, mit irgendetwas beauftragte.

Ich schwang meinen Hintern unter die Dusche und machte mich frisch. In meiner kleinen Wohnung roch es wie bei 1000 Griechen. Ich musste dringend lüften, um den Gestank wieder raus zu kriegen. Es klingelte. Das musste Susanne sein, denn sonst fiel mir keiner ein, der bei mir klingeln könnte. Außer ab und zu der Postbote aber bestellt hatte ich nichts. Ich öffnete und siehe da, es war Susanne. „Fritz, ich wollte mal nach dir sehen. Geht es dir denn wieder besser?" „Ja, ich ähm…ich..also es geht wieder ja..ich habe mich ausgeruht und nun ist es fast weg… zumindest bis auf ein bisschen..aber mein Kopf ist ja hart, der verkraftet das…" Ich stotterte mir wieder irgendeinen Mist zusammen. Wenn Susanne in meiner Gegenwart war, wusste ich nie, was ich sagen sollte. Ich hatte immer Angst meine Worte seien nicht intelligent genug. Aber warum machte ich mir darüber überhaupt Gedanken? Susanne war doch nur meine Nachbarin. Musste man da wirklich intelligent rüber kommen? Nicht, dass ich nicht sowieso schon intelligent bin aber das war eine seltsame Sache. „Das freut mich Fritz. Wenn du was brauchst, dann komm rüber ja?" „Mach ich." Ich lächelte kurz und schloss die Tür. Ich hatte ihr wieder nichts Nettes gesagt. Ich bemühte mich nett zu sein aber dazu gehört auch, dass man etwas Nettes sagt. Ich hätte mich wenigstens mal bei ihr bedanken können, dass sie sich nach meinem Gesundheitszustand erkundigt. Wir hatten so einen spaßigen Abend zusammen. Susanne war so eine nette Person und doch schaffte ich nicht, ihr das zu zeigen. Ich war schon ein komischer Typ. Als ich die Tür zumachte, fielen mir die Worte von Gott wieder ein und wie er sagte ich solle mir eine Eva suchen und sie glücklich machen. War Susanne vielleicht meine Eva? Musste ich ihr nur einen Apfel hinhalten und sie würde meine Frau werden? Nein. Susanne war nicht das, wonach ich suchte. Das redete ich mir zumindest ein, denn auch Männer wollen erobern. Leider hatte ich bei Susanne immer das Gefühl, sie würde mich sehr mögen. Das wiederum schreckte mich ab, denn ich wollte erobern. Die hübsche Blondine zum Beispiel in dem Lokal, in der mich der Schwule ansprach. Die wäre mein Ding gewesen. Oder eine von den netten griechischen Frauen, die mich zum tanzen brachten, obwohl ich gar nicht tanzen konnte. Ich hatte schon ziemlich hohe Ansprüche für einen Mann, der noch nie eine Frau abbekommen hatte und in dem Alter war, in dem Kindergeschrei in einem Haus mit Garten an der Tagesordnung war. Wie auch immer, ich hatte keine Zeit mir darüber Gedanken zu machen, denn ich musste meinen Auftrag erfüllen.

Kapitel 17

- „Der Clown im Dirndl" -

Ich zog mein Dirndl und die Eiffelturm Schuhe an. Dann polsterte ich meine Oberweite ordentlich aus, setzte mir eine Perücke auf und nahm mir eines dieser Frauen Klatschblätter zur Hand, die mir Susanne, ebenso wie das dazugehörige Schminkwerkzeug, gegeben hatte. Ich schlug sie auf. Verzweifelt versuchte ich nachzumalen, was ich sah und schob mir noch ein paar blaue Kontaktlinsen vors Auge. Das war gar nicht so einfach! Das hätte ich vor dem Anmalen machen sollen, denn alles verwischte wieder, weil meine Augen so tränten. Ich begann wieder von vorne. Mit einem roten Lippenstift vollendete ich mein Werk. Vor dem Spiegel begutachtete ich mich und fand, dass ich gar nicht so schlecht aussah als Frau. Ich sprach meine Gedanken laut in den Raum „Ach Mama, warum hast du mich nicht als Frau auf diese Welt gebracht?"
Kaum hatte ich das ausgesprochen, verzog sich Kurt, der mir die ganze Zeit dabei zugesehen hatte wie ich in weibliche Welten eintauchte, wieder. Es schien, als hätte er vor etwas Angst. Es wurde ganz kalt im Raum. Ich bekam eine Gänsehaut und zitterte. Das kam

mir bekannt vor. Meine Mutter erschien wieder im Spiegel. „Was hast du da eben gesagt? Ich glaube ich höre nicht recht. Schaust jedem weiblichen Hintern nach und redest von Frau sein. Meinst du als Frau hättest du mehr zustande gebracht? Sohn, besinne dich!" „Genau, was ist denn zum Beispiel mit dieser Nachbarin?", schaltete sich mein Vater dazu. „Oder diese hübsche Dame aus dem Lokal?", gab auch noch Gott wieder seinen Senf dazu. „Ich…a a also..ii ch.." Wieder sprachlos, wie sollte es auch anders sein. Schnell nahm ich meine Tasche und lief aus der Tür. Was wollten die bloß alle von mir? Das war mein Leben, in welchem ich bestimmte, was ich tat und was nicht. Natürlich ging es mir dabei nicht immer gut und ich fühlte mich einsam aber musste man mir deshalb so einen Schreck einjagen. Meine Eltern wussten doch ganz genau wie schreckhaft ich war, warum also ließen sie mir keine Ruhe? Ich stand ja auch nicht plötzlich im Himmel, wenn die beiden halbnackt himmlische Sachen taten. Zudem sie es noch nicht mal für möglich hielten, Gott davon zu überzeugen, dass er sich da raus hielt. Aber vielleicht bildete ich mir das auch alles nur ein und ich wurde langsam paranoid.

Ich setzte mich in mein Auto und fuhr los. Das

Hofbräuhaus war mein Ziel und je näher ich dieser Lokation kam, desto nervöser wurde ich. Was, wenn ich aufflog? Dann bekäme ich kein Geld und diese Frau Untenzu würde aller Welt erzählen, dass ich meinen Beruf verfehlt hätte. Keinen einzigen Auftrag würde ich dann mehr bekommen. Ich riss mich zusammen. Glücklicherweise hatte ich nicht so eine tiefe Stimme. Sie klang zwar auch nicht fraulich aber immerhin sprach ich nicht wie ein Wolf, der Kreide gegessen hatte. Ich brabbelte vor mich hin: „So schlecht sehe ich ja gar nicht aus, da wird es dem Oberkellner bestimmt ganz warm ums Herz. Ja hoffentlich macht der mich bloß nicht an, denn dann muss ich ihm eine verpassen, damit er nicht merkt, dass ich ein Mann bin."

Nachdem ich halbe Ewigkeiten nach einem Parkplatz gesucht hatte, stand ich nun endlich vor dem Hofbräuhaus – Als Frau. Ich trat ein. Alles war sehr rustikal gehalten. Das Flair erinnerte mich an alte Filme, in denen Reiter in Kaschemmen einkehrten. Natürlich war das Hofbräuhaus keine Kaschemme aber es hatte eben diese Oktoberfestatmosphäre. Es gab Stammtische, an denen die Vereinskasse auf den Kopf gehauen wurde, es gab Frauentische, an denen Frauen bewiesen, dass die ebenso viel Bier vertrugen wie die Männer und es gab viele Kellner, die tausendfüßlerische Fähigkeiten besaßen, in dem sie oft 15 Krüge auf einmal trugen. Das war ja wie im Zirkus hier und ich war der Clown.

Ich setzte mich an irgendeinen Tisch, an dem noch ein Platz frei war, denn Plätze waren rar in diesem Haus. Hinter mir an einem anderen Tisch, saß ein junger Kerl, der mir einen Klaps auf den Hintern gab als ich mich hinsetzen wollte. „Na Süße, alles klar?" Gut, immerhin schien meine <Verkleidung> ziemlich echt auszusehen und ich konnte beruhigt meinem Auftrag nachkommen. Ich hielt Ausschau und erinnerte mich an das Bild, das meine werte Auftraggeberin mir von ihrem Mann gezeigt hatte. Doch da gab es einfach zu viele Kellner. Sogleich schritt eine Dame mittleren Alters auf mich zu und fragte, was ich denn gerne hätte. Da kam mir eine Idee wie ich mich am besten in diesem Wirrwarr zurecht finden konnte. „Guten Abend, ich möchte ausschließlich von Herrn Untenzu bedient werden." „Der arbeitet heute nicht also was kann ich Ihnen bringen?" Ich war schockiert, meine Maskerade sollte also umsonst gewesen sein? „Nichts danke, ich muss auch schon wieder los, denn ich wollte eigentlich von Herrn Untenzu bedient werden aber wenn der nicht da ist, dann komme ich eben ein anderes Mal wieder." Die Dame lachte herzhaft und sagte „Ja ja das wollen viele. Kommen sie morgen einfach wieder um dieselbe Zeit, da hat er Schicht." Grinsend ging sie davon und lächelte in sich hinein. Wie sollte ich das deuten? War das vielleicht schon ein erster Hinweis darauf, dass Herr Untenzu gerne die hübschen Frauen bediente? Dass ihn viele Frauen anschmachteten? Sah er so gut aus? Dieser Mann war doch nun auch nicht mehr der Jüngste?

Ich stand auf und lief zum Ausgang. Dabei bemühte ich mich mein Hinterteil zu bewegen. Prompt kam mir der junge Kerl hinterher, der hinter mir gesessen hatte und gab mir wieder einen Klaps auf den Hintern. „Willst du etwa schon gehen Sweetheart?" „Lassen sie mich in Ruhe sie dreister Wicht." „Oh warum denn so förmlich meine Süße?" Ich ging schneller, um diesem Typ zu entkommen. Als Frau hatte man es nicht einfach. Ständig wurde man von irgendwelchen Männern auf seine Oberweite reduziert, musste Schuhe aus der Höllenmanufaktur tragen und es gab Strumpfhosen, die enorme Beeinträchtigungen mit sich trugen. Spätestens jetzt wusste ich auch wie Frauen sich fühlen mussten, wenn sie ihr Tage bekamen und sich trotzdem in dieses Zeug quetschten.

Ich ging immer schneller obwohl das mit

diesen Schuhen eigentlich gar nicht ging. Als ich mich umdrehte, um zu sehen, ob der Kerl mir noch auf den Fersen war, stieß ich mit einer Kellnerin zusammen und war getränkt in Bier. Das halbe Hofbräuhaus lachte. Ich zog meine Schuhe aus und rannte aus dem Laden. Meine Brüste hingen mir schon unterm Kinn, denn der Sturz hatte sie verschoben. Ich lief zu meinem Auto so schnell wie ich nur konnte und stieg ein. Auch wenn es schon spät war, es wurde Zeit, dass ich diese Frau Untenzu anrief und fragte wo bitte ihr Mann war. Noch einmal würde ich diesen Aufzug nicht veranstalten und mich in Frauenkleider hüllen. „Untenzu." „Guten Abend Frau Untenzu, hier spricht Fritz Pomm." „Herr Pomm, was haben sie sich dabei gedacht vorhin einfach aufzulegen und ihr Handy auszuschalten, wenn ich mit Ihnen spreche?" „Was haben Sie sich dabei gedacht, mich in Frauenkleidern ins Hofbräuhaus zu schicken und einen Mann zu observieren, der gar nicht da ist?" „Was meinen sie mit nicht da?" „Er war nicht dort." „Aber das kann nicht sein, er hat heute Abend Schicht! Haben sie denn nach ihm gefragt?" „Natürlich habe ich nach ihm gefragt aber die Dame, die mich bediente sagte mir, er hätte erst morgen Abend wieder Dienst." „Das ist sehr seltsam, denn dann weiß ich nicht, wo er ist." „So Leid mir das tut aber dann hat er sie wohl angelogen." Frau Untenzu schwieg einen kurzen Moment, so als würde sie nachdenken. „Sind sie noch unterwegs Herr Pomm?" „Was meinen sie mit unterwegs?" „Ob sie schon zu Hause sind oder sich noch in ihrem Kostüm befinden? Jetzt sein sie doch nicht so schwer von Begriff, Herrgott!" „Ja das bin ich, ich sitze in meinem Auto." „Dann fahren sie zum „Bündner Eck!" „Wohin?" „Zum Bündner Eck, das ist so eine Art Gaststätte, in der mein Mann mit seinen Kumpanen ab und zu Karten spielt oder Poker oder wie sich das nennt." „Und sie meinen ich treffe ihn dort an?" „Hätte ich ihnen sonst gesagt, dass sie dort hinfahren sollen?" „In Ordnung Frau Untenzu. Ich werde mein Glück versuchen." „Rufen Sie mich morgen an wie alles verlaufen ist." „Das mache ich. Auf Wiederhören." „Ich wünsche Ihnen einen schönen Tag Pomm".

Kapitel 18

- „Seltsame Vögel" -

Ich rückte meine künstlichen Brüste zurecht und es fiel mir ein, dass ich gar nicht gefragt hatte, wo sich dieses Bündner Eck befindet. Wahrscheinlich an einer Ecke, so viel war sicher. Ich hielt an der nächsten Tankstelle, um zu fragen. Dort wusste man glücklicherweise Bescheid und erklärte mir den ungefähren Weg. Ich schaltete mein Navigationssystem ein und fuhr los. Dieses Gasthaus lag etwas außerhalb von München und es dauerte eine zeitlang bis ich da war.

Ich parkte direkt davor, falls ich wieder schnell die Flucht ergreifen musste. Prüfend warf ich noch einen Blick in den Spiegel und verließ dann das Auto. Von draußen hörte man schon lautes Gelächter. Die schienen sehr viel Spaß da drin zu haben. Ich schluckte schwer. „Auf in den Kampf! Das sagte Papa auch immer, wenn er sich mit meiner Mutter ins Vergnügen stürzte", plapperte ich vor mich hin.

Ich machte die Tür auf und trat ein. Es war ziemlich voll und ich erblickte im ersten Moment ausschließlich Männer, die mich musterten als käme ich direkt vom Mars und hätte dunkelblaue Ohren. Ich ging auf die

Theke zu, um mich zu setzen, da alle anderen Plätze belegt waren. Der Wirt schaute mich blinzelnd an und grinste. „Was möchte die Lady denn trinken?" Beugte er sich über die Theke und fiel mir fast in den Ausschnitt. „Nun wissen sie, ich bin auf der Suche nach einem Herrn Untenzu. Man sagte mir, ich finde ihn hier." Der Wirt trat einen Schritt zurück, legte sein Poliertuch auf den Tresen und wandte sich an seine Gäste: „Habt ihr gehört, die Lady will zu Willy." Das ganze Lokal prustete vor Lachen. Plötzlich stand einer auf und kam auf mich zu. Er legte den Arm um mich und flüsterte mir ins Ohr: „Unser Willy leckt jetzt anderen Chili. Aber wir zwei können uns ja mal etwas näher unterhalten." Statt auch zu flüstern, sagte ich laut „Was meinen sie damit?" Alle lachten wieder und der Wirt kriegte sich gar nicht mehr ein. „Na auf der anderen Seite meine Kleine, schwul, verstehst?" Die anderen tobten. „Aber er ist doch verheiratet." „Ja, mit dem Habicht." Wieder lautes Gelächter. Das war mir zu blöd. Ich verließ den nach Bier stinkenden und verrauchten Laden umgehend.

Verheiratet mit dem Habicht. Schwul. Das war zu viel für mich. Wie sollte ich das Frau Untenzu beibringen. Sie schien zwar immer sehr gefasst aber trotzdem merkte man ihr an, dass sie innerlich ganz anders fühlte. Ich stieg in mein Auto und fragte mich, was das wohl mit dem Habicht auf sich hatte. Ich hatte den Namen schon einmal gehört, wusste aber nicht in welchem anderen Zusammenhang als mit einem Vogel. Ich nahm mein Handy zur Hand und rief die Auskunft an. „88888 Nummer gebracht. Was kann ich für sie tun?" „Ja Pomm Guten Abend, halten sie mich jetzt bitte nicht für verrückt aber ich suche einen Habicht in München." „Habicht, einen Moment bitte. Haben wir 18 Namen und eine Bar. Wissen sie den Vornamen?" Eine Bar, das war kurios. „Verbinden sie mich bitte mit der Bar. Habicht heißt diese haben sie gesagt?" „Ja, Habicht. Das ist eine Bar für Schwule und Lesben hier in München, wenn ich mir die Bemerkung erlauben darf." „Ja das dürfen sie, vielen Dank!" „Schade, sie hatten so eine schöne Stimme. Ich verbinde sie." Dachte die Frau am anderen Ende jetzt etwa ich sei auch schwul? Wie auch immer, es tutete. Mittlerweile war es schon fast Mitternacht und alles tat mir weh, besonders die Strumpfhose machte mir zu schaffen, denn sie drückte so unheimlich. Sie war eben nicht für Männer gemacht. „Habicht." Meldete sich ein Mann am anderen Ende. Guten Tag, darf ich fragen, ob bei ihnen ein Herr Untenzu verkehrt?" Aufgelegt. Das war aber ein kurzes Gespräch. Warum hatte der aufgelegt? Dachte er, ich wollte in auf die Schippe nehmen? Ich rief noch mal bei der Auskunft an. „88888 Nummer gebracht. Was kann ich für sie tun?" „Ja hier Pomm, ich hatte eben schon einmal angerufen und mich mit dem Habicht verbinden lassen. Erinnern sie sich noch an mich?" „Natürlich, der Mann mit der schönen Stimme. Was kann ich Ihnen noch Gutes tun?" Sehr viel, dachte ich bei mir und träumte schon wieder von den Dingen, von denen Männer so träumen, wenn eine Frau sie fragt, was man ihnen gutes tun könnte. „Hallo, sind sie noch dran?" „Oh, ähm ja, ich ähm, würden sie mir bitte auch noch die Straße sagen, in der sich diese Habicht Bar befindet?" „Natürlich. Einen kleinen Augenblick bitte." Ich träumte weiter. „Also Herr Pomm, das ist die „Schmöckwitzer Straße 18." „Vielen Dank, das war' s schon." „Gut, dann wünsche ich ihnen noch einen angenehmen Abend." „So angenehm wird der heute nicht mehr. Aber es ist ja eigentlich auch schon Nacht." „Man kann auch die Nacht zum Tag machen Herr Pomm. Auf Wiederhören." Welch Worte drangen da an mein Ohr. Diese nette Telefonistin von der Auskunft, war sehr weise und ich stelle mir vor, wie sie wohl aussah. Doch bevor ich wieder ins Träumen geriet, fuhr ich nach

Hause. Dort angekommen befreite ich mich zunächst aus meiner Garderobe und ging mit Kurt Gassi. Den hatte ich in letzter Zeit ziemlich vernachlässigt. Erst der Auftrag in Marseille, dann vergaß ich ihn vor diesem Leihgeschäft und jetzt war ich schon so viele Stunden nicht mit ihm draußen und er hatte nicht hingemacht. Wenn er mir nicht gerade eine Bananenschale vor mein Bett legte, war er wirklich eine treue Seele.

Wieder einigermaßen männlich verließ ich meine Wohnung und fuhr zum Habicht. Lust hatte ich darauf nicht gerade und es war auch schon sehr spät. Ich war müde und zerrte noch an den Nachwirkungen von Ouzo und Knoblauch. Doch ich wollte diesen Auftrag so schnell wie möglich abschließen.

Kapitel 19

- „Andersrum" -

Der Habicht war eine Kellerbar. Düster, dunkel und mit vielen komischen Gestalten. Frauen, die aussahen wie Männer, Männer, die aussahen wie Frauen. Dazwischen immer mal wieder Mischungen aus YMCA und Bodybuilder. Das Alter war durchwachsen. Von 20 bis 60 tummelte sich hier alles, was sich zum selben Geschlecht hingezogen fühlte. Außer mir natürlich. Ich fragte den Barkeeper, ob er einen Willy kannte. Und er zeigte auf einen großen, etwas dicklichen, älteren Mann, der ganz normal aussah. Seine grau melierten Harre funkelten im schweren Licht. Er unterhielt sich mit einem anderen Mann, etwa in meinem Alter. Ich tat so, als wolle ich auf die Toilette und machte heimlich ein Foto von den beiden, indem ich mich hinter einer Säule versteckte. Auf einmal spürte ich heißen Atem auf meinem Nacken. Ein Tier von Mann stand hinter mir und drückte mich gegen die Säule. „Also ich würde ja gleich hier, Hase." Ich befreite mich mit einem Haufen Ekel im Gesicht und ging wieder an die Bar, um Willy Untenzu zu beobachten, der sich inzwischen aber ebenfalls an die Bar gesetzt hatte. Allein.

Ich steckte unauffällig die Kamera in meine Tasche und schaltete mein Diktiergerät ein, um aufzunehmen, falls ich mit ihm ins Gespräch kommen sollte. Ich bestellte mir ein Bier und schaute ein bisschen in der Gegend herum, die mich irgendwie ein bisschen anwiderte.

Herr Untenzu wirkte nachdenklich und bestellte sich ebenfalls ein Bier. Ich sah ihn nur aus dem Augenwinkel, denn ich wollte ja nicht, dass dieser Mann dachte, ich wolle etwas von ihm. In dieser Bar konnte man einen Blick ganz leicht missverstehen. „Wohl neu hier, was?", sagte er. Ich schaute ihn immer noch nicht direkt an, sondern nahm einen Schluck Bier. „Ging mir am Anfang auch so. Aber irgendwann fühlst du dich hier wie in deinem Wohnzimmer beim Fernsehen." Jetzt blickte ich ihn aber doch an. „Ja, ich gehe sonst nicht in solche Läden." „Habs auch lange unterdrückt", sagte er und fügte hinzu „Ich weiß, dass meine Frau dich schickt. Ich habe gesehen wie du Fotos gemacht hast vorhin." Diese Worte trafen mich wie ein Blitzschlag und ich verschluckte mich, als ich erneut an meinem Bier nippte. „Ich hatte noch nicht den Mut es ihr zu sagen. Wenn man in einem Alter ist wie ich und die andere Seite in sich entdeckt, muss man erstmal selbst damit klar kommen. Ich weiß, dass das nicht richtig war."

Er tat so als ob nichts wäre und wirkte dabei so unschuldig und zerbrechlich. Ich suchte nach den passenden Worten, doch es fiel mir schwer. „Sie wissen, dass ich ihrer Frau sagen muss, was ich heute gesehen habe?" Dieser Satz schoss aus mir raus und schon beim sprechen merkte ich, das er zu hart war. Ich ergänzte „Nicht, dass sie mich falsch verstehen. Ich bin zwar nicht schwul aber ich kann mir vorstellen wie es ihnen geht. Dennoch bezahlt mich ihre Frau dafür, dass ich ihr sage, was sie so treiben. Und wenn ich ihr sage, dass sie keinen jungen Dingern hinterher schauen, sondern es auf das männliche Geschlecht abgesehen haben, dann wird sie das nicht besonders erfreuen." Was war nur mit mir los? Ich sprach mit diesem Mann als hätte ich keine Gefühle, kein Mitleid. Das war nicht so, denn der Mann mit dem witzigen Nachnamen, der auch noch schwul war, tat mir leid. Aber ich musste ihm doch sagen, was Sache war. Dumm nur, dass ich dabei zugegeben hatte, dass seine Frau mir wirklich den Auftrag erteilt hatte ihn zu beschatten und dass ich ihm erzählt hatte, was ich mit ihr besprach. Als Detektiv kann einen das den Job kosten, wenn man nicht seinen Mund halten kann. Immerhin hat man so was wie eine Schweigepflicht. Wie ein Arzt auch.

„Es ist gut, dass sie sie engagiert hat. Es wird zwar hart für sie werden aber ich kann es ihr einfach nicht sagen. Wissen sie, Herr…." „Pomm, Fritz Pomm." „„..Wissen sie Herr Pomm, es ist nicht so, dass ich meine Frau nicht mehr mag aber ich fühle mich eben auch zu Männern hingezogen. Deshalb bin ich auch immer hier im Habicht, damit mich die normalen Leute nicht sehen. Ich weiß, dass mein Frau das niemals verkraften wird aber sagen sie es ihr. Sie hat die Wahrheit verdient." Er stand auf und ging, ehe ich noch ein Wort verlieren konnte. Ich bestellte mir einen Schnaps, um das Gespräch, wenn man es so nennen konnte, zu verdauen und trat dann ebenfalls den Heimweg an.

Zuhause angekommen, legte ich mich einfach nur in mein Bett und schlief sofort ein ohne an meinen Auftrag zu denken. Ich versuchte zu verdrängen, was mich am nächsten Tag erwartete.

Kapitel 20

- „The End" -

Gegen elf am späten Vormittag wachte ich durch das Jaulen von Kurt auf, der dringend seine Morgen-Mittags-Toilette verrichten musste. Mein Kopf dröhnte und ich spürte Blasen an meinen Füßen. Wie nur machen die Frauen das nur? Ich besorgte mir Pflaster und nahm eine Aspirin Tablette. Draußen an der frischen Luft ging es schon besser. Einmal die Straße hoch, einmal die Straße runter und dann wieder rein. Ich machte Kaffee und füllte den Napf von Kurt mit frischem Hundefutter, welches er gelüstig fraß. Ich biss von meinem Brot ab und hörte es klingeln. Sicher war es Susanne. Ich trabte langsam zur Tür und machte auf. Es war nicht Susanne. Es war Frau Untenzu. Ich begann zu zittern, hatte ich doch verdrängt was mir bevor stand. „So Herr Pomm, es ist jetzt Mittag und sie sind schon den ganzen Tag nicht ans Telefon gegangen. Mein Mann ist letzte Nacht nicht nach Hause gekommen. Was haben sie raus gefunden?" Fordernd stand sie vor mir und mir blieben die Worte im Hals stecken. „Guten Morgen Frau Untenzu." „Es ist jetzt Mittag." „Wie haben sie mich gefunden?" „Schon mal was von

Telefonbuch gehört?" „Oh natürlich, das ist ein Buch, in dem ganz viele Nummern und Namen drinstehen." „Ja, falls man seinen mal vergessen hat. Herr Pomm! Kommen sie zur Sache und lassen sie mich hier nicht in ihrem kalten Flur stehen." „Na na na n n natürlich nicht. Kommen Sie herein."

Ich schenkte ihr eine Tasse Kaffee ein und setzte mich mit ihr an meinem Küchentisch. Als ich bei ihr gewesen war, hatte sie ständig eine Bemerkung über alles und jenes gemacht. Nun aber schien sie zu merken, dass etwas nicht in Ordnung war und hielt sich zurück. Andererseits konnte sie kaum erwarten, was ich zu sagen hatte. „Pomm, ich habe ihnen verziehen, dass sie in mein Dekolté gefallen sind, als wir uns zum ersten Mal begegnet sind aber ich werde sie anzeigen, wenn sie ihren Auftrag nicht ausgeführt haben und mir nicht sofort sagen, was ihre Geheimnistuerei soll und wo mein Mann ist. Ich war schon im Hofbräuhaus und in dieser Kneipe aber ich habe ihn nirgends gefunden." So etwas hat er noch nie gemacht, dass er einfach nicht nach Hause gekommen ist. Wissen sie wie lange wir schon verheiratet sind?" „Das kann ich mir schon denken", sagte ich und es kehrte für einen Augenblick Stille ein. Ich musste ihr sagen, was los war, das war schließlich mein

Job. Mein Herz schlug 300.

„Frau Untenzu, das, was ich Ihnen jetzt sagen werde, ist sicher nicht einfach für Sie." „Sagen Sie schon!" „Ihr Mann…" „Ja?" Sie schaute mich neugierig an, fast ein wenig traurig. „Also, Ihr Mann…er ist…er hat….Interesse..am anderen Geschlecht." Ich hatte nicht gedacht, dass sich ganze Felsenlandschaften auf meinem Herz angesiedelt hatten, die nun wie Geröll aus mir heraus fielen. Ich war mindestens 10 Kilo leichter. Dennoch hatte ich Mitleid mit Frau Untenzu als ich sah, wie sie traurig auf den Boden schielte und rot anlief. Es war ihr sichtbar peinlich.

„Danke Pomm." Sie legte einen Umschlag auf meinen Küchentisch und verließ fluchtartig die Wohnung. Ein schlechtes Gewissen plagte mich. Ich hatte jetzt eine Ehe auseinander gebracht und konnte ihr noch nicht einmal die Tonbandaufnahmen vorspielen, auf denen Herr Untenzu alles erklärte und das er sie eigentlich noch gern hatte. Ich versuchte ihr nachzulaufen aber sie war schon über alle Berge.

Nie wieder hörte ich etwas von den beiden. Frau Untenzu ging nicht mehr ans Telefon und auch bei meinem zweiten Besuch im Habicht traf ich ihren Gatten nicht an. Gerne hätte ich

Frau Untenzu die Tonbandaufnahmen vorgespielt aber dazu war es nicht mehr gekommen. Beide schienen wie vom Erdboden verschluckt und mulmig war mir ja schon ein bisschen. Wer weiß, vielleicht hatte Herr Untenzu sich vor Frust umgebracht oder sie ihn. Doch das lag nun nicht mehr in meiner Hand.

Kapitel 21

- „Brigitte von Hinten" -

An dem Tag, an dem ich Frau Untenzu von der Gesinnung ihres Mannes berichtet hatte, rief mich morgens eine andere zukünftige Klientin an. Ich hatte eigentlich ausschließlich Klientinnen anstatt Klienten und manchmal fragte ich mich, warum. Waren es wirklich nur die Männer, die ihre Frauen betrugen? Frauen unterschätzt man leicht. Manche Männer nehmen Frauen nicht ernst, deshalb trauen sie ihnen auch nicht zu, dass sie ab und zu mal mit jemand anderem das Bett teilten. Wie auch immer, so schlecht ist er nicht, der Umgang mit Frauen. Nur schade, dass es immer so alte Frauen waren. Auch meine neue Klientin mit dem seltsamen Namen Brigitte von Hinten bekam mich angeblich „empfohlen". Anscheinend war ich beliebt bei älteren Damen. Sie fragte nach einem Termin, da sie den Verdacht hege, dass ihr Mann Ehebruch begeht. „Ehebruch ist besser als Genickbruch", sagte ich mit meiner flapsigen Art zu ihr und machte einen Gesprächstermin in einem Biergarten aus.

Es war ein schöner sonniger Tag und ich beschloss, statt das Auto, mein Fahrrad zu nehmen, um zu dem Biergarten zu gelangen. Dumm war nur, dass ich dort angekommen, keine Ahnung hatte, wie diese von Hinten aussah. Überhaupt, war das normal, dass Menschen so merkwürdige Namen hatten? Oder sagen wir, ist es normal, dass Menschen mit merkwürdigen Namen zu meinen Kunden gehörten? Ich war mir sicher, meine Mutter würde sich gleich wieder aus dem Himmel melden, wenn sie diese Gedanken mitbekäme. Und wie ich so durch den Biergarten schritt, sah ich in jedem Bierglas ihr Gesicht. Ich dachte ich sei sicher solange keine Spiegel in der Nähe waren aber da hatte ich mich geirrt. Auch Gläser können zu Spiegeln werden. Ihre Augen blitzten auf und sie schüttelte einfach nur den Kopf, ganz langsam. Dann verschwand sie wieder. Völlig benommen von der Anwesenheit meiner elterlichen Geister, die überall präsent schienen, rauschte ich kurzerhand in eine Frau, die gerade ansetzte, um ihr Bier zu trinken. Selbstverständlich war sie nun nass. „Es tut mir furchtbar Leid, entschuldigen sie bitte! Das war keine Absicht, nur ich…ich…also meine Mutter…..sie war da…und….ich habe sie nicht gesehen." „Wollen Sie mich auf den Arm nehmen? Jetzt rieche ich nach Bier wie eine zehn köpfige Matrosenmannschaft. Die Rechnung werden

Sie schön übernehmen." „Natürlich. Kein Problem. Was meinen Sie denn, was das kosten wird?" „Mit Sicherheit 20 Euro, das ist mein schönstes Kleid." Ich drückte ihr das Geld in die Hand und ging peinlich berührt einfach weiter. Ich hörte das Gelächter einer Frau, die das Ganze mit angesehen hatte. Ihre Stimme klang doch recht männlich und sie lachte wie eine Diva, die zu viel geraucht hatte. Plötzlich rief sie mir zu: „Hey Sie, Sie müssen Fritz Pomm sein. Kommen Sie, ich habe schon auf Sie gewartet!" Ich lief zu ihr herüber, schüttelte ihr freundlich die Hand und setze mich gegenüber auf die Bierbank, was nicht lange anhielt. Aber immerhin weiß ich jetzt, dass man sich nicht auf das eine Ende der Bank setzen sollte, wenn das andere Ende unbesetzt ist. Als ich mich wieder aufgerichtet hatte, begutachtete ich diese Brigitte von Hinten und mir kamen obszöne Gedanken, die nicht gerade wohlwollend waren. Wer wollte diese Frau schon....von Hinten...sehen. Also ich meine die Frau von Hinten, wer wollte die schon sehen. Ich bekam eine Ohrfeige. Meine Mutter schien den Biergarten nicht verlassen zu haben, wobei sich diese Ohrfeige eher anfühlte, als sein sie von meinem Vater. Meine Mutter hatte nämlich mehr Zug. Verdattert blickte ich diese von Hinten von vorne an.

„Mein Name ist Brigitte von Hinten. Das ist mein Künstlername wie Sie sich sicher schon gedacht haben. Aber bitte Herr Pomm, nennen Sie mich Birgi." Oh mein Gott, jetzt auch noch eine Transe. Na das konnte ich mir ja schon denken, als dieses Etwas am Telefon wie der weibliche Rübezahl über meinen Spruch mit dem Genick- und dem Ehebruch gelacht hatte als gäbe es kein Morgen. „Oh nett, Sie kennenzulernen Frau von…ich meine Birgi. Was kann ich denn für Sie tun?" „Kommen wir gleich zur Sache Fritz. Ich darf dich doch duzen oder? Ist viel persönlicher." „J j j aaa ja ja natürlich." „Okay Fritz, also mein Mann und ich, wir sind eigentlich ein Herz und eine Seele aber wir sehen uns halt nicht so oft. Ich haufenweise Bühnenshows und er vertreibt Staubsauger in Sachsen. So haben wir uns übrigens auch kennen gelernt. Ich konnte ihm einfach nicht widerstehen als er da mit seinem Sauger vor meiner Tür stand. Jedenfalls ist er oft in der sächsischen Gegen unterwegs, weil seine Firma dort sitzt und die Leute dort einfach Staubsauger kaufen wie Äpfel. Ich wüsste nur gerne ob das wirklich an den elektrischen Dingern liegt oder an seinem Sauger. Mein süßer Bubi kann nämlich kann ganz schön frech sein." Mit einem Angst einflößenden Blick und erneutem divahaftem

Gelächter, schaute dieses Ding mich an. Er oder Sie hatte mehr Schminke im Gesicht als alle Filialen von Douglas je beherbergen können. „Birgi, ich denke dieses Problem kann ich aufklären. Das ist ja mein Job. Mein Honorar ist nicht so hoch wie Sie vielleicht denken Birgi. Nur 2,5 Millionen." „Das ist ja günstig." „Günstig?" „Ja, da gibt es welche, die verlangen noch mehr." Sie oder Er lachte wieder. „Also mal ehrlich Fritz, wie viel willst du?" „180 Euro am Tag zusätzlich Spesen wie Unterkunft und Anfahrtskosten. „Das soll nicht das Problem sein Fritz. Willst du's gleich? Ich vertraue dir. Du kannst doch keiner Fliege was zuleide tun." Wieder Gelächter. Dieses Mal lachte meine Mutter mit. Was bildete sich diese Person eigentlich ein, Mich hier auch noch vor meiner Mutter bloß zu stellen? „Na hören Sie mal, wollen Sie etwa damit sagen, ich sei harmlos? Wenn Sie wüssten wozu ich fähig bin, würden Sie sich nicht so mit mir anlegen." Doch mein grimmigster Blick führte nur zu weiterem Gelächter. Sie zog an meiner Nase und sagte „Ach Fritz, du bist süß. Deshalb weiß ich auch, dass du diesen Auftrag sehr gut ausführen wirst. Auf die Empfehlungen meiner Zuschauer kann ich bauen." Ehe ich etwas sagen konnte, was ich sehr gerne getan hätte, schob sie oder er mir einen Umschlag zu, der Geld enthielt. Durch die Sonne sah man die Scheine in dem weißen Umschlag durchleuchten. „Das soll erstmal reichen. Den Rest bekommst du nach Beendigung des Auftrags. Und bitte stell mir eine Rechnung aus, damit ich sie absetzen kann." „Das kann ich machen", sagte ich zu dieser Birgi, obwohl ich gar nicht wusste, was sie oder er damit meinte. Ich war Detektiv, kein Kaufmann. Ich kannte nur dieses komische Amt, was mir alles wegnahm, was ich einnahm. Finanztanzamt oder so. Wahrscheinlich wurden mit meinem mühsam erarbeiteten Geld Tanzveranstaltungen organisiert. Aber was soll man machen?

„Wo genau in Sachsen ist denn Ihr…ich meine dein Mann unterwegs?" „Dieser Auftrag wird dich für zwei drei Tage ins Sächsische Erzgebirge führen. Die Stadt heißt Lugau und befindet sich in der Nähe von Chemnitz. Da, wo die so komisch sprechen." „Davon habe ich schon gehört, also von dem Dialekt." Komisch sprechen, sagte die Transe zu mir. Als ob sie selbst wohl nicht komisch sprechen würde. Ich war zwar manchmal ein bisschen malle aber ich wusste noch ganz genau, was Toleranz bedeutete. Ja, sehr wohl. „In Ordnung. Hast du ein Bild für mich? Ich muss ihn ja auch erkennen, nicht das ich nachher den falschen beschatte." Ihr Lachen war fürchterlich. „Daran habe ich natürlich gedacht kluger Pomm Fritz." Sie gab mir ein Foto, auf dem ein etwas dicklicher, kleiner Mann mit Glatzkopf zu sehen war, der auf einem Staubsauger saß und frech grinste. Ich möchte mir gar nicht vorstellen, wozu er den Staubsauger verwendete. Die Transe stellte ihren Ellenbogen auf den Tisch und stützte sich mit ihrem Kopf ab während sie mir grinsend zusah wie ich das Foto ansah. „Süß oder?", fragte sie. „Ähm….ja…sehr sympathisch sieht dein Mann aus." „Also gut Fritz, ich muss los. Ich habe in zwei Stunden einen Auftritt. Meine Telefonnummer steht noch mal hinten auf dem Foto, genauso wie ein paar Infos zur Adresse. Bitte kontaktiere mich, sobald du etwas Merkwürdiges feststellst. Aber lass die Finger von ihm." Mit erhobenem Zeigefinger und einem Grinsen ging die Transe davon. „Keine Sorge", rief ich ihr nach. „Deinen dicken glatzköpfigen Staubsaugervertreter kannst du gerne behalten", murmelte ich kaum hörbar in meinen nicht vorhandenen Bart.

Langsam brachte mich kaum noch etwas aus der Ruhe. Schwule Ehemänner, die am liebsten in einem Vogel verweilten und Transen, die dickbäuchige Glatzkugeln mit

Staubsaugern verwechselten. Das Leben als Detektiv war schon aufregend.

Kapitel 22

- „Frauenträume die zweite" -

Es war Mittagszeit und ich ging nach dem Treffen im Biergarten in ein richtiges Lokal, um etwas zu essen. Es war ziemlich voll im Gegensatz zu meinem Magen, der schon gewaltig knurrte. Der Geruch nach Essen verstärkte dieses Gefühl noch mehr und mir war schon richtig schlecht vor Hunger. Im Getümmel der vielen Gäste und der Bedienungen, die eifrig Gläser und Teller hin und her trugen, sah ich plötzlich die junge hübsche Frau, der ich in der einen Wirtschaft begegnete, nachdem ich in dem Leihgeschäft gewesen war, um mich für den Auftrag Untenzu auszustatten. Um zu überprüfen ob ich mich nicht doch in einem Traum befand, kniff ich mir in den Arm und blinzelte mit den Augen. Mein Mund stand offen und war hin und weg. Ihre Bewegungen, ihr Lächeln, all das machten mich sprachlos. Seit dem Tag, an dem ich sie das erste Mal sah, hatte ich sie nie wirklich vergessen können. Doch warum sollte so eine Frau etwas mit mir zu tun haben wollen. Ich machte den Mund zu und schaute mich um, da stand sie plötzlich an meinem Tisch. Sie hatte so ein Elektro Ding in der

Hand und strahlte mich mit ihren tollen Augen an. „Hallo, schön Sie wieder zu sehen. Möchten Sie was trinken oder auch was essen?" Natürlich bekam ich kein Wort heraus und konnte wieder mal nur stottern. „Ha ha ha ha hallo. Ich freue mmmmmmich aa auch Sie wieder zu sssehen. Ar arbeiten Sie hier?" Wie dämlich kann man sein, solch eine Frage zu stellen? Das war doch offensichtlich. „Ja. Aber nicht immer und noch nicht so lange. Ich bin neu in der Stadt. Wissen Sie, ich möchte studieren und da braucht man eben ein bisschen Geld." Sie studiert? Oh nein, die einzige Frau, die ich je wirklich toll fand, ist wahrscheinlich gerade mal volljährig. Obwohl, sie sah schon älter aus. Aber wie konnte sie dann noch studieren. Meine innere Frage sollte sogleich beantwortet werden. „Ich weiß, ich bin mit Ende 20 Anfang 30 wahrscheinlich schon viel zu alt dafür aber wissen Sie ich liebe die Herausforderung und heutzutage ist das mit dem Alter ja auch gar nicht mehr so wie früher. Es gibt ja auch Vorlesungen für Leute ab 50." Sie war also doch nicht gerade volljährig geworden und die paar Jahre Altersunterschied waren normal. Das gute an einem Altersunterschied, je nachdem wie groß er war, ist nämlich, das man immer eine junge Frau hat. Egal wie alt man selbst ist, die Frau ist immer jünger. Meine Mutter griff wieder ein. Dieses Mal befand sie sich in den Augen der jungen Frau und sagte „Die bekommst du doch sowieso nicht, du Trottel!" Es klang wie der Teufel persönlich. Hatte er Besitz von ihr ergriffen oder meine Mutter von meiner Traumfrau? „Das werden wir noch sehn", sagte ich aufgebracht. „Was, was meinen Sie denn damit?" Meine Traumfrau sah mich verdutzt an. Na toll, jetzt denkt sie ich bin total bescheuert. „Oh, entschuldigen Sie, ich meinte, das schaffen Sie dann sicher locker das Studium, wenn sogar auch Leute ab 50 noch studieren können heutzutage. Wissen Sie, ich kenne mich da nicht so gut aus." Sie lächelte. „Oh, das ist nett von Ihnen. Ich werde mein Bestes geben." „Ich wünsche Ihnen auf jeden Fall viel Glück." „Danke! Was möchten Sie denn jetzt trinken?" Ich glaube auf das Essen müssen sie lange warten heute. Sie sehen ja, es ist sehr voll hier und wenn das ihr Magen war, der da eben geknurrt hat, dann ist das viel zu lange." Sie hatte meinen Magen gehört! Gings noch peinlicher! „Oh, das ist natürlich….also ich meine Hunger habe ich wirklich…wissen Sie als Detektiv hat man nicht so viel Zeit zum Essen..","Sie sind Detektiv? Oh ich hoffe Sie beschatten mich nicht." Wieder strahlte sie übers ganze Gesicht als sie mich anlächelte.

Das war nun wahrhaftig die erste Frau, die meinen Beruf nicht abstoßend fand. Und siehe da, sie gehörte nicht zur älteren-Damen-Fraktion. „Ja ich kläre Frauen über die Aktivitäten ihrer Ehemänner auf." „Das klingt sehr interessant. Dann sind Sie ja sowas wie ein Robin Hood für Ehefrauen." Dieses Mal musste ich lachen. Ich ein Robin Hood für Ehefrauen. Das war schon eine seltsame Vorstellung. Inspector Gadget trifft es wohl eher bedenkt man mein großes Talent für Fettnäpfchen. So sahen wir uns lächelnd in die Augen und nur das Klimpern von Gläsern weckte uns wieder auf. „Oh, ich muss weitermachen. Was möchten Sie denn jetzt trinken? Also mit dem Essen dauert es wie gesagt heute etwas länger. Aber ich kenne einen tollen Baguetteladen hier um die Ecke. Der macht hervorragende französische Baguettes. Das war der erste Laden, den ich kennen gelernt hab seitdem ich hier bin." „Baguettes..ja...das...das   klingt sehr....verlockend. Dann werde ich wohl mal dort vorbei schauen." „Tun Sie das", sagte sie und ging davon wie eine Königin.

Die belegten Baguettes in dem Bistro um die Ecke schmeckten hervorragend. In all den Jahren, in denen ich nun schon in der Stadt lebte, hatte ich es nie bemerkt. Und das, obwohl ich mich öfter in diesem Bezirk der Stadt aufhielt. Es gab eine leckere Soße dazu, die man sich aussuchen konnte und ich aß gleich zwei von den riesen Dingern, weil ich so einen Hunger hatte. Nun, da ich wieder etwas klarer im Kopf war, da mir der Hunger nicht das Hirn vernebelte, fiel mir auf, dass ich nicht einmal wusste, wie die junge Frau hieß. Ich hatte weder einen Namen, noch eine Telefonnummer von ihr. Doch danach zu fragen, das wäre nicht meine Art gewesen. Zumal ich kein Händchen dafür hatte. Ich beschloss nach Hause zu gehen. Dort wartete wenigstens Kurt auf mich. Der vereinsamte immer mehr, seitdem ich so viel zu tun hatte und sicher hätte er auch gerne eine Hundedame, so wie ich. Aber verdammt, ich brauchte keine Hundedame, ich brauchte eine Frau!

Kapitel 23

- „Lug(au)" -

Kurt wartete sehnsüchtig und wedelte mit seinem Schwanz wie verrückt. Bei einem ausgedehnten Spaziergang, dachte ich über den bisherigen Tag nach und ich hätte wirklich alles dafür gegeben, den Kopf von unserer lieben Bundeskanzlerin zu haben, die sich auch so viel merken muss. Deshalb heißt sie ja auch Merkel, das kommt nämlich von merken. Allerdings hätte ich mir dann wahrscheinlich sagen lassen müssen, dass da noch viel weniger drin ist als bei mir und das war ja schon weiß Gott nicht viel. Vielleicht sollte ich mir ein Fahrrad kaufen und damit von einem Hochhaus springen. So brauche ich wenigstens nicht strampeln, denn es fliegt ja von alleine und das auch noch ziemlich schnell. Im Himmel gab es vielleicht mehr Frauen, die es auf mich abgesehen hatten. Und die könnte ich wenigstens nicht totquatschen, da sie schon tot waren. Vielleicht konnte ich Himmelsfrauen ja einfacher beeindrucken. Doch wer sagte eigentlich, dass ich diese Studentin Ende 20 nicht beeindruckt hatte? Immerhin war sie doch recht interessiert. Wäre sie es nicht gewesen, hätte sie ja jedes weitere Wort vermieden und es wäre gleich eine andere Bedienung zu meinem Tisch gekommen. Wieso nur hat sie mir nicht ihre Telefonnummer gegeben? Gut, ich gebe zu, dass unser Gespräch sehr plötzlich endete aber trotzdem. Was war ich nur wieder für ein Trottel.

Nachdem ich Kurt zwangsweise wieder bei Susanne abgegeben und eine kleine Ferienwohnung reserviert hatte, machte ich mich auf den Weg nach Lugau. Ich musste mich wieder auf die wesentlichen Dinge meines Lebens konzentrieren. Auf dem Gelände, auf welchem ich die kleine Wohnung für meinen Aufenthalt reserviert hatte, wohnte angeblich auch dieser Staubsaugerverkäufer. Zumindest stand die Adresse hinten mit auf dem Foto, zusammen mit dem Namen <Burkhardt Hinterhauser>.

Ich fuhr durch dieses kleine Städtchen und begutachtete die netten kleinen Häuser. Es sah sehr gemütlich aus in diesem Ort. Nachdem ich mindestens acht Leute nach dieser Ferienwohnanlage gefragt hatte, kam ich nach tausend Umwegen endlich dort an. Es sah alles ganz normal aus, kleine weiße Häuschen dicht an dicht mit großen Fenstern und Blick ins Grüne, das schon leicht ins Schwarze ging, denn es war bereits später Nachmittag und die

Dunkelheit kehrte ein. Es war fast ein bisschen unheimlich da draußen und die Bäume sahen aus wie große Außerirdische. Was das wohl für ein Fall wird, fragte ich mich und stieg aus meinem Auto, das ich direkt vor einem Gebäude mit dem Eingangsschild <Information> parkte.

„Grüß Gott der Herr, mein Name ist Pomm, ich habe hier reserviert für ein paar Tage", sagte ich zu einem älteren Mann, der grimmig an mir vorbei schritt aber so aussah, als arbeite er dort. „Guten Tag, Sie müssen einfach dort rechts durch die Tür und dann sind Sie an der Rezeption." „Das werde ich tun, vielen Dank." Ich folgte den Worten des Mannes. Die Rezeption war nicht besetzt also nutzte ich die Klingel. So eine typische „bing bing kling Klingel" wie man sie aus Hotels und alten Filmen kennt. In einem Restaurant hatte ich schon einmal so ein Ding gesehen. Immer wenn das Essen fertig war, haute der Koch auf die Klingel und die Kellner kamen, um es abzuholen. Nach dreimal Klingeln, war die Rezeption immer noch verlassen. Niemand kam. Langsam wurde ich ungeduldig. Ich fragte mich, warum manche Menschen so ein Urvertrauen in die Welt hatten. Schließlich hatte ich Zugriff auf alle Schlüssel und sogar auf die Kasse. Damit hätte ich sicher einen schönen Urlaub machen können und die hübsche Studentin aus dem Lokal, die hätte ich mitgenommen. „Hallo, Guten Tag." Ich träumte und bemerkte nicht, dass während meiner Träumerei jemand an die Rezeption gekommen war. „Ist alles in Ordnung bei Ihnen?" Erst als die Dame auf die Klingel haute, war ich wieder wach. „Oh entschuldigen Sie bitte, ich war in Gedanken. Mein Name ist Pomm, Fritz, und ich hatte für ein paar Tage eine kleine Gästewohnung reserviert." „Ja, ich erinnere mich, wir hatten heute Mittag telefoniert." Sie tippte etwas in ihren Computer und nahm dann einen Schlüssel von dem Schlüsselbrett. „Kommen Sie Herr Pomm, ich zeige Ihnen Ihr Zimmer." Ich folgte ihr. Wir gingen über das halbe Gelände in ein großes Haus. Es war viel größer als die anderen Häuser und hatte mit einem Ferienhaus nicht mehr viel gemeinsam. Meine Wohnung befand sich im 4. Stock und die Treppen waren höllisch. Alles war ziemlich alt und erinnerte an die Kulisse eines Horrorfilms. „Sagen Sie, ich dachte die Wohnung ist in einem der kleinen weißen Häuser. Da liege ich wohl falsch." „Diese kleinen weißen Häuser sind unsere Mini Villen und können nur komplett gemietet werden aber ihre Wohnung wird ihnen gefallen. Sie ist klein aber fein." Die Treppe war sehr anstrengend und ich fragte mich, ob ich in meiner Jugend nicht lieber zur Bundeswehr hätte gehen sollen. Dann wäre ich sicherlich fitter. Wobei ich dort bestimmt nicht mal diese riesengroßen Gänse getroffen hätte, wenn die im Sturzflug meinen Panzer angreifen. So war ich eben.

Kapitel 24

- „Burkhardt im Hinterhaus" -

Nach einem kurzen Rundgang durch die staubige, alte Wohnung, der nicht mehr als 15 Sekunden dauerte, ging ich zu meinem Auto, um meine Sachen zu holen. Nach einem erneuten Treppenmarsch, der sich anfühlte wie ein Besteigen des Kilimanjaro, traf ich oben angekommen einen Mann. Er schien die Wohnung gegenüber zu haben. „N'abend. Mein Name ist Burkhardt. Kannst aber auch Burki sagen." Er schüttelte mir die Hand. „Ich wohn hier gleich nebenan. Wie lange bleibst du?" „Pomm, ähm Fritz. Ich weiß noch nicht. Ein paar Tage vielleicht, denn ich habe einen Auftrag zu erfüllen, weil ich einen Mann be…" Ich stoppte gerade noch im richtigen Augenblick. Der Typ hieß Burkhardt, genau wie der Name, der auf dem Foto stand, mit dem dieser Glatzkopf ziemliche Ähnlichkeit hatte. „…ich meine ich habe einen Termin mit einem Mann….ff für einen Auftrag, für den ich einige Tage…also ich meine.. für den ich einige Tage hier wohnen muss, weil dieser Mann…also der wohnt auch hier in der Gegend wissen Sie." „Was machst du denn beruflich, wenn ich fragen darf? Ich darf doch

Du sagen oder? Dieser ganze andere Kram ist mir zu förmlich." „N na na natürlich, klar." Ich wusste nicht weiter. Was sollte ich diesem schwulen Staubsaugerverkäufer denn erzählen? Das wollte gut überlegt werden. Ich musste aufpassen, was ich ihm sagte. In der Tür hinter dem Glatzkopf erschien wieder meine Mutter, die mit dem Kopf schüttelte. Warum um alles in der Welt war meine Ferienwohnung verdreckt und verstaubt und diese blöde Tür so blank geputzt, dass man sich in ihr spiegeln konnte. Das konnte doch kein Zufall sein. Gott meinte es nicht gut mit mir. Auch dieser Gedanke wurde mit einem starken Windzug und einem Ziehen an meinem Ohr bestraft. Gott konnte meine Gedanken lesen. Na super!

„Hat es dir die Sprache verschlagen? Sorry, ich wollte ja nicht indiskret sein. Also ich sag's grad heraus, ich verkaufe Staubsauger. Liegt in meiner Familie." Er lachte. Ich lachte unecht mit. „Was hälst du denn davon, heute Abend einen drauf zu machen? Sonst sind hier immer nur Rentner. Ich bin also froh, dass endlich mal jemand meiner Altersklasse hier zu sehen ist. Ich kenne da eine nette Gegend mit viel Bier und guter Musik" Er lachte wieder und ich war mal wieder überrumpelt. Nachdem ich seine Einladung angenommen hatte, verschwand ich schnell in meine Wohnung und schnaufte tief durch. Ich konnte weder viel Bier vertragen, noch konnte ich tanzen in irgendeiner Form. Das einzige, was bei mir tanzte, war diese hübsche Studentin, und zwar in meinem Kopf. In jeder freien Sekunde dachte ich an sie und wie gerne ich einmal mit ihr ausgehen würde. Sie war allerdings nicht hier und ich musste heute Abend alleine ausgehen, mit diesem Glatzkopf! Der hatte es bestimmt auf mich abgesehen, so wie der mich ansah. Anders konnte ich mir diese Blicke nicht erklären aber ich hatte ja auch nicht tagtäglich mit Schwulen zu tun, die mit Transvestiten verheiratet waren.

Nach einem Abendessen in einem der örtlichen Lokale und einer heißen Dusche, zeigte die Uhr 22:00 Uhr. Gleich würde der Glatzkopf bei mir klingeln und mich abholen. Doch dazu kam es nicht. Niemand klingelte und so schlief ich irgendwann auf dem verstaubten Sessel ein, der nach Motten roch.

Kapitel 25

- „Staubsauger zum Frühstück" -

Am nächsten Morgen wachte ich mit fürchterlichen Rückenschmerzen auf. Warum hatte der Glatzkopf nicht geklingelt? Ich musste das herausfinden und ging, in der Hoffnung ich würde ihn dort antreffen, zum Frühstück. Das hatte ich zum Glück mitgebucht, denn in der kleinen Ferienwohnung-Küche wäre mir der Appetit vergangen.

Als ich den Speiseraum betrat, er hatte Ähnlichkeit mit der Kantine eines Altenheims, sah ich den Staubsaugerverkäufer schon an einem der Tische gemütlich seinen Kaffee trinken. Er winkte mir zu als er mich sah. „Morgen Fritz! Bitte setze dich doch an meinen Tisch. Es tut mir leid, aber gestern Abend war ich doch zu müde, um noch auf den Putz zu hauen. Wenn man den lieben langen Tag Staubsauger verkauft, dann ist man abends ganz schön kaputt." Der Glatzkopf lächelte mild. „Kein Problem. Ich war auch ziemlich müde nach der weiten Anreise gestern. Aber sag mal, riecht dein Sessel auch nach Motten?" Lachend trank er einen erneuten Schluck Kaffee. „Ja, das tut er aber das stört mich nicht. Ich bin hier, um Staubsauger zu verkaufen und abends würde ich alles nehmen, worauf man halbwegs bequem liegt." Was war das nun wieder für eine Anspielung – Eine Staubsaugervertreter, dem es egal ist, worauf er nach seinem Arbeitstag liegt. „Das kann ich verstehen", sagte ich. Aber heute Abend können wir das gerne nachholen. Wir bestellen uns einfach ein Taxi." Ich nickte. „Oder hast du keine Lust? Ich will dir ja nichts aufdrängen. Ich weiß ja nicht, wann du deinen Auftragstermin oder so hast." „Nein nein…das…das ist schon in Ordnung. Können wir gerne machen, wo wir doch Nachbarn sind für ein paar Tage." „Richtig, das müssen wir ausnutzen." Er zog die Augenbrauen hoch und zwinkerte. Die nächste Anspielung. Vielleicht hatte die Transe recht mit ihrer Vermutung der Glatzkopf würde auch noch andere Staubsauger auf ihre Funktionstüchtigkeit testen. „Treffen wir uns so um neun am Eingang der Anlage? Muss ja nicht so spät sein." „Das passt. Neun ist ok", antwortete ich. „Bis dann, ich muss los." „Tschüss. Viel Glück beim….Staubsauger verkaufen." „Merci." Er gab mir noch ein winkendes Handzeichen zum Abschied und war dann verschwunden. Eigentlich war der Glatzkopf ja ganz sympathisch. Es gab sogar

Momente, in denen man ihm nicht anmerkte, für welches Geschlecht sein Herz schlug.

Das Buffet war mäßig bis schlecht. Nur die Marmelade schmeckte wunderbar und duftete herrlich nach Erdbeeren. Die Brötchen waren aufgebacken und Wurst und Käse wurden bestimmt nicht das erste Mal aufgetischt, sondern mindestens zum vierten. Die Ränder waren schon ganz vertrocknet und alles schmeckte wie Pappe, die vom Regen getrocknet war. Ich beließ es bei der Erdbeermarmelade und aß das hart gekochte Ei, dessen Dotter schon etwas blau war. Doch was machte ich eigentlich noch in diesem Frühstücksraum? Sollte ich nicht eigentlich meinem Auftrag im wahrsten Sinne des Wortes nachgehen? Ich rieb meine Lippen an der Serviette und verließ den Frühstücksraum. Der Glatzkopf war nicht mehr in Sicht und auch in seiner Wohnung schien er nicht mehr zu sein. Daraufhin beschloss ich, ein wenig die Gegend zu erkunden und den Auftrag bis abends warten zu lassen. Vielleicht kannte man den Glatzkopf ja schon und ich konnte einigen Leuten ein paar Details über ihn entlocken. Eventuell wusste man in dieser Kleinstadt von seinen Aktivitäten oder auch Nicht-Aktivitäten.

Als erstes fragte ich die Dame an der

Rezeption etwas aus. Die war auch sehr redselig und erzählte mir, dass der Glatzkopf wohl sehr erfolgreich war. Sie sagte er komme oft, weil er in der Gegend gutes Geschäft mache. Immer nett, immer korrekt beim Bezahlen, nichts auffälliges. Auch die alten Damen, die dort Urlaub machten erzählten mir von dem tollen Staubsauger, den ihnen der Glatzkopf verkauft habe. Mit wem ich auch ins Gespräch kam, niemand sagte auch nur annähernd etwas Negatives über den Vertreter. Ich war sehr gespannt wie der kommende Abend verlaufen würde. Ich wusste jedenfalls eines ganz genau: Sollte dieser Glatzkopf mir an die Wäsche gehen, breche ich den Auftrag ab. Und ich setze mir bestimmt auch keine Perücke mehr auf oder trage gar nochmals Stöckelschuh.

Kapitel 26

- „Schlagerparty" -

Um neun wartete ich wie abgemacht am Eingang des Geländes. Der Glatzkopf war pünktlich und hatte sich richtig in Schale geschmissen. Er trug ein blau funkelndes Sakko, das ein bisschen so aussah, als stamme es von dem dicken Schlagzeuger der Flippers. Sogar die Goldkette hatte er nicht vergessen. Seine Schuhe waren weiß und er kam mit einem breiten Grinsen auf mich zu. Außerdem trug er ein weißes Hemd, das ein wenig durchsichtig war. Wenn man ihn so ansah, konnte man sich nicht entscheiden: Flippers, YMCA oder doch Arnold Schwarzenegger in klein mit Bauch? „Fritz, ich grüße dich. Bist du bereit?" „Kommt drauf an auf was", sagte ich neckisch. „Auf die tollste Schlagerparty abseits vom Ballermann?" Mir wurde plötzlich so heiß. „Schlagerparty? Wollten wir nicht einfach ein bisschen um die Häuser ziehen und Bier trinken?" „Bier gibt 's da auch und die Musik kann nicht besser werden. Ich war da schon ein, zwei Mal. Karten hab ich schon besorgt, denn ich kenne den Besitzer." So so, er kannte also den Besitzer und besuchte diese Party, die wohl in regelmäßigen Abständen stattfand, öfter. Ich speicherte mir diese Informationen ab wie eine Datei, nur unsichtbar. „Na, dann auf in den Kampf", sagte ich zu dem Vertreter und stieg in das Taxi, das bereits eingetroffen war. Wir fuhren eine ganze Weile bis wir in diesem Tanzlokal ankamen und der Glatzkopf vertrieb sich die Zeit mit dem Singen von „Joana" und „Über sieben Brücken musst du geh'n". Eines musste man ihm lassen, der Glatzkopf schien nicht nur zu wissen wie man Sauger an den Mann brachte, sondern verstand es auch zu singen. Obwohl Schlager nicht unbedingt meine Musik war.

Wir fuhren einige Zeit bis das Taxi vor einer Lokalität mit dem Namen <Hausball> hielt. Der Laden schien ziemlich gefragt zu sein, wenn man nach den Leuten ging, die davor standen und auf Einlass warteten. Wir zahlten das Taxi und stiegen aus. „Keine Sorge Fritz, wir müssen nicht warten." Der Türsteher erkannte den Glatzkopf schon von Weitem und winkte uns durch ohne die Karten sehen zu wollen. Wir gingen einen langen Gang entlang, an der Garderobe vorbei und standen plötzlich in einem riesigen Saal, der gefüllt war mit Menschen, die zu Schlager sangen, tanzten und sich betranken. Es war heiß in dem Laden und es stieg eine unangenehme Hitze in mir auf. Etwas zum Trinken wäre angebracht gewesen, doch wir schlängelten uns immer weiter durch den großen Saal, vorbei an schwitzenden Massen. Am Kopf des Saales angekommen, bestellte uns der Glatzkopf zwei Jägermeister an der Bar. „So Fritz, zum Aufwärmen, Prost!" Ich roch etwas angeekelt an dem Schnapsglas und würgte mir den Schnaps hinter. Ich war kein Fan von meisterhaften Jägern. Eine erhöhte Dosis dieses Zeugs führte bei mir zum Absturz. Jägermeister war das Getränk, von dem ich das erste Mal im Alter von 14 so richtig betrunken gewesen war. Damals saß ich mit meinem Freund Zulki auf dem Spielplatz in einer Höhle. Wir tranken zu zweit fast die ganze Flasche aus und übergaben uns vor den Augen empörter Mütter, die ihre Kleinkinder schnell aus unserem Umfeld entfernten und die Polizei riefen. Diese brachte uns luxuriöserweise persönlich nach Hause. Seitdem hielt ich mich fern von diesem Gebräu.

Der Glatzkopf bestellte eine Runde nach der anderen und unterhielt sich angeregt mit dem Besitzer, den er ja angeblich persönlich kannte. Er sah ähnlich aus wie der Glatzkopf, nur ein bisschen dünner und jugendlicher.

Nach der zehnten Runde drehte sich mir alles und der Glatzkopf kam irgendwann auf die

Idee zu tanzen. Zunächst schickte ich ihn alleine auf die Tanzfläche. Ich sah zu wie der dicke Staubsaugerverkäufer sich zu <Weiß der Geier oder weiß er nicht> bewegte. Trotz der lauten Musik schlief ich beinahe am Tresen ein. Nur der Geruch des elften Jägermeisters, der plötzlich vor meiner Nase stand, weckte mich wieder auf. „Nur nicht schlappmachen Fritz", sagte der Glatzkopf zu mir und schielte mich betrunken an. „Prost", sagte ich und schielte zurück. Wie sollte man da noch vernünftig arbeiten. Nachdem der Glatzkopf wieder auf die Tanzfläche zurückgekehrt war, bestellte ich mir eine Flasche Mineralwasser, um wieder klar im Kopf zu werden. Ich war ja nicht dort, um schlechte Kindheitserinnerungen wieder aufleben zu lassen

Kapitel 27

- „Der große Auftritt" -

Nachdem ich ungefähr eine geschlagene Stunde auf der Toilette verbrachte (nein, es war nicht der Jägermeister, sondern eher etwas, was im Darm zu Hause war) kehrte ich zurück in den immer voller werdenden Saal. Meine Augen suchten angestrengt nach dem Glatzkopf, der nicht mehr auf der Tanzfläche herum eierte. Es drängten immer mehr Menschen in den Saal, der meiner Meinung nach schon lange das Prädikat <Voll> bekommen hätte. Ich konnte beobachten, dass eine Wand wie eine Art Tor hochgezogen wurde, hinter der sich eine Bühne verbarg. Anscheinend war da heute noch was zu erwarten. Der Dicke war, so vermutete ich es, zur Bühne gelaufen. So ein Schlagerfan wie er, wollte sicher <nah dran> sein. Nah dran, bei was auch immer. Ich hatte keine Ahnung. Jedenfalls zog ich es vor an der Bar zu verweilen bis der Glatzkopf wieder auftauchte. Die Musik stoppte. Das Licht im Saal verdunkelte sich und alle Augen blickten gespannt zu Bühne, die hell von Scheinwerfern erleuchtet wurde. Eine seltsame Musik ertönte und brachte die Gäste zum

Jubeln. Ich traute meinen Augen nicht als ich sah, dass der Glatzkopf wild tanzend auf die Bühne kam. Er lächelte und zeigte seine kleinen spitzen Zähne dem Publikum. „Guten Abend meine sehr verehrten Damen und Herren, ich grüße Euch. Es freut mich sehr, dass so viele von euch heute Abend auf ihren Schlaf verzichten, um sie zu sehen. Die Eine, die Wahre, das Unikat – Brigitte vooooooooooon Hinteeeeeen". Mir stockte der Atem, während sich meine Mutter lachend im Jägermeisterglas spiegelte und mit dem Finger auf mich zeigte, saß ich einfach nur da und ließ meine Spucke aus dem Mund laufen. Was soll ich sagen, ich fühlte mich ein bisschen wie in einem schlechten Film, bei dem der Hauptdarsteller nicht mitbekam, dass er die ganze Zeit verarscht wurde. Vielleicht war ich auch bei <Verstehen Sie Spaß?> oder der <versteckten Kamera>.

Die Transe gesellte sich unter großem Beifall zu dem Glatzkopf auf die Bühne Sie warf dem Publikum Kusshände zu und die Leute rasteten regelrecht aus. Immer noch mehr Menschen drängten sich in den Saal, kamen aber nicht mehr rein, denn es ging einfach nicht mehr. Genau wie bei mir, da ging es nämlich auch nicht mehr. Was suchten der Glatzkopf und die Transe gemeinsam auf dieser Bühne? Die

Transe hatte mich beauftragt ihren Vertreter zu beschatten und jetzt stand sie da mit ihm und beide sahen sich schmachtend an. Nachdem sich die Leute etwas beruhigt hatten, rückte die Transe ihre künstlichen Brüste zurecht, nahm das Mikrofon und setzte an: „Hallo meine Lieben. Wow, dass ihr so zahlreich hier erschienen seid, das macht mich einfach so glücklich, das könnt ihr euch nicht vorstellen." Sie lachte und die Leute klatschten und jubelten erneut. „Heute ist nämlich ein ganz besonderer Tag und da wollte ich euch unbedingt dabei haben." Sie sah den Glatzkopf an. „Ich und mein Darling, wir werden heiraten und zwar heute hier live auf der Bühne." Während die Leute noch mehr ausrasteten, verstand ich nicht mehr das Geringste und mein Mund war inzwischen so starr geworden, dass er nicht mehr zu ging. Plötzlich hörte ich meinen Namen. „Fritz Pomm, wir möchten dich gerne auf die Bühne bitten, denn du wirst unser Trauzeuge sein. Meine Lieben, Fritz hat einen ganz besonderen Job, den wir austesteten, weil wir ihn dringen für ein paar Freunde brauchen, die in Not sind. Er hat bewiesen, dass er diesen Job menschlich ausführt und deshalb möchten wir ihn dabei haben. Menschlichkeit, das ist das Wichtigste im Leben, und natürlich die Liebe." Sie küsste den Glatzkopf und die Leute klatschten wie im Fieber. Ich übergab mich. Der ganze Jägermeister floss rückwärts aus meinem Magen wieder hoch. Ich kotzte direkt auf die Theke. Zwei Türsteher kamen und trugen mich auf die Bühne. Ich wehrte mich nicht, denn dazu war ich zu schwach.

Als ich vor den Beiden stand, bekam ich kein Wort heraus. „Es tut uns Leid Fritz, dass wir dich ein bisschen veräppelt haben aber wir brauchen dich für einen etwas größeren Auftrag. Wir wollten dich testen und du hast unseren Anforderungen entsprochen. Bitte sei unser Trauzeuge." Ich brachte kein Wort heraus, versuchte zu lächeln, was mir nicht wirklich gelang. Ich war so rot wie eine Ampel.

Kapitel 28

- „Aufgewacht" -

Ich hatte Wasser im Gesicht und eine dickliche, rumänische Frau schaute mich grimmig an. „Los raus, wir zumachen jetzt. Los, aufstehen!" Sie stupste mich mit ihrem Fuß an. Ich erhob mich und alles drehte sich. Gerade noch konnte ich erkennen, dass ich mich auf der Toilette befand. Es musste die Klofrau sein, die mich so mürrisch ansah, weil sie Feierabend machen wollte.

Mein Handy klingelte. „Pomm." „Hi Fritz, hier ist Birgi, hast du schon etwas heraus gefunden über meinen Schatzi? Ist er mir treu?" Ich verstand nicht. Was war passiert? Ich war doch eben noch Trauzeuge und stand auf einer Bühne. „Fritz, hallo? Bist du noch dran? Ich hoffe er hat dich nicht gleich abgefüllt. Das hat er nämlich bei mir auch versucht, als er mich abschleppen wollte aber da hatte er sich getäuscht, so trinkfest wie ich bin." Sie lachte durch das Telefon und es klang wie der Teufel in meinem Ohr, so laut und unangenehm war es. „Alles ok", sagte ich. Ich versuchte es. „Fritz, du bist ja voll! Na gut, ich ruf später wieder an. Bye Bye."

Nun verstand ich – Es war alles nur ein Traum.

Schade, denn es stand die hübsche blonde Studentin im Publikum, deren Namen ich immer noch nicht weiß. Das werde ich nun ändern.

Klappentext:

Fritz Pomm ist Detektiv. Zumindest versucht er, einer zu sein. Mit seiner unbeholfenen Art tappt er in so manches Fettnäppchen. Er fährt bis nach Frankreich, um Affären von Gebrauchtwagenhändlern aufzudecken, trifft schwule Ehemänner, die am liebsten in einem Vogel verweilen und Transen, die dickbäuchige Glatzkugeln mit Staubsaugern verwechseln. Und zwischendurch zeigen ihm seine toten Eltern immer mal wieder, dass nur eine Frau ihn von seinem <Leiden> erlösen kann.